U0588466

云在青山月在天

云小朵武当习拳记

云小朵　著

长江出版传媒　|　长江文艺出版社

[俄罗斯] 伊莲娜·满额利斯 (Irina Manelis) ／绘

写给自己的身心觉察日记

没想到，我人生中最惊心动魄的旅行，竟然是这场"走进来"、行走于内心的荒野求生。

阴阳，虚实，开阖，轻重，缓急……太极之道，何尝不是如此：在生命的明知不平衡中，寻求平衡，在不适中求安适。

于我而言，太极，是一种对待生命的态度。动作和套路，或许只是一个身与心的导引方式：导引我们在运动中平衡呼吸，在静立中寻找动的契机；导引我们收回目光，内省自观，重新体验和发现我们的生活。

自序

心回来了，其他的还会远吗？

　　我现在是一名运动康复和身心疗愈老师。在与学员面对面时，我更愿意向大家介绍，我是一名养生太极拳和运动康复的亲历者、获益人。

　　10年前，我曾是省级媒体的新闻直播记者，由于自身体质，加上快节奏、高负荷、不规律的生活，身体长期处于亚健康状态，生活运行的公式一度成为"上班—上医院—上班—上医院"，循环往复，最高纪录是一年两次住进医院。终于有一天，当我又一次住进医院时，我突然意识到，这是否是我想要的生活？我是否一直将疗愈病痛的希望完全寄托在外界和他人的身上，却从来没想过，自己才是身体和生命的主人？我开始在配合医院治疗的同时，寻找主动疗愈身心的方式；后拿出一年的时间，赴武当山学习养生太极拳。本书正是对那个阶段的梳理和记录。

　　其实，书中的部分内容已于多年前完稿，现在才出版，原因是我是媒体记者出身，用事实说话、不人云亦云是我的思维习惯。对于一项事物的功效和影响，我更相信：局部真实与整体真实、短期与长远、事物的一面与另一面终究需要放在更广大的空间和更长久的时间里，才有可能呈现水落石出的样貌。

10年时间，我一边练习太极拳，一边先后学习运动康复、瑜伽理疗以及传统中医理论。自我的角色，也由过去的单纯练习者，转变为练习者和教授者。起初，我也执着于某一项运动、某一些动作或某些药方能有益于身体，后来才发现，真正能帮助到我们的，是平衡身心内外，平衡练习、工作和生活的整体思维。和10年前相比，如今的社会对自我健康、身心成长更加重视，我们能获取信息的渠道也更多。但在教学中，学员们在某些问题上的疑问也惊人地趋同："信息很多，专家说法不同，那么谁说的是对？我们应该听从于谁？""为什么学习养生的知识越多，内心的红线越多，内心的焦虑也越多？"

想想看，这些何尝不是当初横亘在我面前的疑惑呢？通过10年的自我改善之路和教学中学员的积极反馈，我才点滴获知：

"任何疗愈方式，一定有我们必须遵循的大道规律。但任何人一时的说法（包括老师、专家），一定不必成为你死磕到底的金科玉律，最终的老师是开启'觉知'后的你自己，最好的疗愈是自愈。"

"养生，不是拿众多'红线'去养自己与他人、与世界的隔离；养生，其实是在养'生机'。何为'生机'？就是让心活过来，与万事万物在一起。"

这本书里我最珍视的，是对我最初接触太极拳，经由身体的练习，抽丝剥茧，点滴开启自我感知能力过程的记录。自我感知能力的提升，是身心康复之路的起点，也像一种通识能力，为我后期学习运动康复、瑜伽理疗以及中医基础理论持续赋能，帮助我整合、内化曾经和将要学习的知识，事半功倍。

想到我生命与生活中这段深刻的痕迹，将以文字的形式去到更多人的面前，我既开心又忐忑。身心的康复和疗愈不仅是外在的身体训练，更是一场和过去的自己、过去的情绪、过去的思维方式、过去的行为模式，甚至是过去的原生家庭的对话。唯其真实，我应该会接收到不同角度和立场的声音，所以我会忐忑。

但在写这篇自序的过程中，我逐渐释怀。不是吗？我们对别人的百般评价，不一定是千分之一、万分之一的别人，但一定会像一面镜子，终究照向百分之百的自己。无论评价如何，如果我书里这些微小又细碎的文字，会引发看书的人哪怕一丝看向自己内心的契机，我将何其有幸！

毕竟，心回来了，其他的还会远吗？

祝好，致我们大家！

云小朵

2024 年立夏

目 录

引
子

唯其真实 有何不可

作为鲜明的中国符号，太极，已经被很多人说过千言万语；相信，在今后的日月里，还有更多人有万语千言要说。

太极图的精深博大、拳理的辨析、技击的研究，在这些深奥宏大的主题面前，我一直在犹豫：到底该不该，把自己有关太极的文字，用一种直面公众的形式，写下来？

因为，它们太微小！微小到，它们只是一段，我自己与太极之间的岁月跟感动。

直到有一天，无意间翻看日本一位名叫冈仓天心的作者写的《茶之书》，他在书中写道：

"本质上，茶道是一种对残缺的崇拜，是在我们都明白不可能完美的生命中，为了成就某种可能的完美，所进行的温柔试探。"

我仔细想想，太极之道，又何尝不是如此：阴阳、虚实、开阖、轻重、缓急，在生命的明知不平衡中，寻求平衡。突然惊觉，原来，一切技艺，或许都只能充当配角——我是说，如果与之参照的是生命。

一切技艺或练习，只是打开一个通道，让我们又多了一些可能——可能与更多生命的真实，相遇有时。

与太极拳相遇，我并不是身心如一的武林高手，只是一个习练者和获益者。这里没有大义，供大家手抄心会；只有微言，一路习拳，一路思量，拳与心、与生活的连接——记录下来，与大家分享。

这是一段生命的真实生长。

唯其真实，有何不可？

第一章

一颗向内的心

　　改变自己为什么有难度？难在看见自己，认识自己。

　　认识自己，从认识自己的身体、情绪、行为背后的原因开始，了解原因才能更清晰地知道自己经历了什么。你现在的样子就是过去的经历，如刀斧一般在你身体和生命中留下的痕迹。

　　我们通常习惯了一双向外看的眼睛，但认识自己，需要拥有一颗向内的心。

为什么想到不一样的人生

"我们到底是为了工作而生活，还是为了生活而工作呢？"

这个问题在我心里种了草，我工整的人生，应该就是从那时开始松动的吧。虽然那时候，一切都还找不到答案。

一

开始说故事。

有些人天生就不喜欢一成不变的生活，无惧将来，喜欢挑战！

抱歉，你猜错了！我从来就不属于这一款。

我从小跟父母在机关大院长大，吃穿住行都在同一个地方；身边的叔叔、阿姨看着我从小长大，又看着我的孩子像我小时候那样从小长大。人们走着同样的路、做着同样的事，生活的样貌，几十年都鲜少变化，好像岁月的改变只有身边那些人容颜的凋零和老去。

所以，坦白说，我非常惧怕脱离预设轨道的未知！

小学、中学、大学、工作、结婚、生子，40岁之前，我的人生异常工整。以致工作数年，得知一位大学学长放弃月薪一万的稳定工作，而去北漂的消息，不禁惊掉了下巴。

"啊？为什么？"

"因为，我不想现在就看到自己退休时的样子。"他说。

"哦?!"

那时候的自己，当然不明白那位学长在说什么。

二

像我这样一个循规蹈矩的人，后来怎么会想到"撒野"辞职呢？

这个只能说，该来的，逃不掉。

我从小体质就弱。因为体质弱，所以就少出门；因为少出门，所以体质就更弱。但是，命运的安排很搞笑，让我成为一名成天东奔西跑、成天出门的记者，而且是成天"火烧火燎"出门的新闻直播记者。日子久了，身体当然吃不消。

开始我可没那么大的"胆色和野心"，什么出走、什么辞职，想都不敢想。

只是弱弱地问："可否换个工作呢？"

即使这样，招来的也是家人的痛批：

"大家都这样过日子，为什么你要不同？"

"你没看新闻说，现在工作很难找吗？"

"哪里找这么好的工作，生病了，医疗费不发愁；等你退休了，看病住院，怎么办？"

听起来好像有些道理，可是我在心里冒泡泡：

"难道，我工作的全部意义，就是为了方便看病吗？"

"我真的要为几十年后的假设性问题而无视眼下的生活吗？"

我粗略统计了一下自己目前看病住院的频率，严重担心，照这样下去，自己的"小命"，到底能不能撑到最后？

这样盘算了一下，就下决心锻炼身体了。

为什么选择太极拳？

说来挺惨的！因为我发现，在我状态最差的阶段，我的身体也只扛得住这样的运动项目了。此前尝试过别的健身方式，不是心慌气短，就是腰酸背痛，给我看病的医生看着我劳损的颈椎和腰椎，更是告诫当时仅仅30多岁的我："以后就少运动吧！"

心有不甘的我想着：找个貌似中老年人都能耍的运动，总不会有事吧？

后来遇到太极拳，事实证明，的确没事，而且还如鱼得水呢！

三

最初，学拳的地点是东湖之畔。老师筛选学生的方式是"站桩"。这个对很多人来说有点枯燥。但是，我不怕。何止是不怕，简直有点小享受。因为我一时很难想起，有多久了，自己曾像这样，享受什么都不干，让时间不经意间流逝的宁静与快乐。

做直播记者的时候，我的生活是这样：睡觉，手机开机，因为随时会接到即刻出发的采访任务；吃饭，脑子还

想着策划，因为吃完饭就要进行现场采访；坐车，电脑打字写稿，因为下车就要编辑画面；开车，耳机里听着电话，因为挂掉电话，车就需要停靠在电话里获知的采访现场，做报道。

可是站桩不同，这大概是我工作以来碰到的最不寻常的一件事了吧。

几十分钟站在一个地方，不用动，也不用想，而且还心安理得。

"老天，这也太奢侈了吧！"

于是就一路坚持下来了。而且对于我而言，还有个意想不到的收获，就是有时间和心境，问自己一些问题：

"人生真的只有一个选项吗?"

"只有和大多数人一样的生活，才是对的生活吗?"

"我们到底是为了工作而生活，还是为了生活而工作呢?"

自己都觉得好笑。作为记者，我的工作好像一直都在忧国忧民地向外界采访提问。可是，这样一些人生最基本的问题，却从来没想到，要回头来问一问自己。

这些问题在心里种了草，我工整的人生，应该就是从那时开始松动的吧。

虽然在那个时候，一切都还找不到答案。

之前，之后

> 我们无法时时憋气、处处发力，生活应如太极行拳走架一样，最重要的是，呼吸自然。
>
> 我开始在"之前"和"之后"的矛盾与调和中，双向思考。

一

之前，我是说遇到太极拳之前，我是一名媒体从业者。

行业压力本来就不小，我做事还极认真好强，总想通过努力得到别人的肯定。其实，人有追求，靠打拼自强，没什么不好。但现在想想，自强的目的，若只是时时刻刻、方方面面向别人证明自己，真正的内心是多么缺失自我啊！我还极能吃苦，为了工作，不眠不休，四处奔突，也没觉得累。

东湖 湖光如镜

现在想起那段奔驰的岁月，还是感激多于惆怅。积累是有的：知识、经验、外界的认可和年纪轻轻就获得的众多闪着金光的荣誉。因为，人在一个维度上，以一种速度不停奔突是会有回报的。但是，就如同太极拳中身体的训练一样，任何单一方向的无限延伸，都会造成重心的倾斜；很多忽略过的东西，总会回头来找报偿。最显著的，是身体，随后是生活，真是险象环生、状况百出。

二

之后，我是说状况百

出之后，我开始寻找。是寻找一种强身健体的运动方式，还是在寻找一种新的生活节奏？那时候，自己也不太清楚。后来有一天，在家里收拾旧物时，几张落满灰尘的 DVD 在不经意的地方冒出来，都是过去准备自学成才而四处搜罗的教学光盘：健身操、民族舞，甚至是炫酷的街舞！内容现在看来，于我真的有些离弦走板。看了，忍不住笑出声来。但笑完过后，心头却生出一抹感动。那是一段怎样不为人知的路途和心念呀？

人，在生活中最巨大的无助和巨大的彷徨时刻，想抓住些什么的心念，即使好笑，可还是动人！

应该就是在这样的情境下吧，我遇到了太极拳。它一把从身后拽住我，让我狂奔的脚步第一次有了另一种节奏。这种节奏叫：慢下来。

慢下来站桩，闭上眼睛；慢下来打一套拳，以一颗澄明之心，面对自己。

面对自己的时候，才发现：过去，一时奔突，以为把自己逼到一个高度，就是好、就是快。其实，那真不是快，是慌张。

因为，生活不是一时一刻，而是绵绵不绝，我们无法时时憋气、处处发力，生活应如太极行拳走架一样，最重要的是，呼吸自然。

真的很幸运，我们生活在一个工业、商业高速发展的时代，现代文明让我们的生活更便利、更舒适。

但，机械和商业有其自身运转的秩序。

可是，问题的关键是：人生命的秩序，是否真的，要与之亦步亦趋地行动？

快与慢，多与少，养与耗，向外看还是向内看？打拳只是一个开始，开始让我学会在"之前"和"之后"的矛盾与调和中，双向思考。

如今才明白，原来，当年我努力寻找的，不只是一个锻炼身体的方式，也不仅是一种生活节奏，更是在寻找一种生命的秩序：我们要成为怎样的人？我们要如何与自己相处、如何与他人相处、如何与天地自然相处？生活终将难免纷乱和牵扯，我们又将如何在现世的纷乱中，寻找生命的平衡，安度我们的人生？

站桩：一颗向内的心

站桩，不仅是练习太极拳的基础，甚至是学习很多中国传统艺道的必修课。调身，调息，调心，由身到心，由粗阔到精微，我们在静立中寻找的，其实是一颗在任何境遇下都稳定的心。

最初在东湖之畔站桩

一

真的不知道，习练太极拳是否还有别的开始方式。反正，我的开始是——站桩。如今，还是心存感激。在烟波浩渺的东湖之畔，我遇到的第一位太极拳老师与我素昧平生，可是，却向我这个唐突求教的学生筑起了唯一一道门槛——不是其他，只是站桩。

当然不是当场短期"罚站"就好，而是持续三个月，每天雷打不动地站足规定的时间。

痛，当然是有的。关节痛疼，肌肉酸胀已难忍受，内心万念穿流、江河般的潮汐，更是比肉身的酸痛更大的煎熬。

还好，没放弃。后来才发现那些"难忍受"与"慢慢煎熬"，其实是第一次，收回目光、看向自己。

看自己，第一眼看到的是身体：

脚下有没有落地生根又涌泉（穴）上提？

膝盖有没有微曲又不过足尖？

头颅有没有虚领顶劲却又与松腰落胯形成张力？

从头至足，一桩一件地审视、调整、淬炼，我才开始，在酸痛中，找回真正属于自己的身体。经由向内检视身体的目光，我才开始，在寂静中，看到真实的己心。

调身，调息，调心，由身到心，由粗阔到精微，逐渐清晰的自己看到的世界也大有不同。

记得有一段时间，大概是春天的清晨。在东湖边站桩，才一睁眼，会发现，初生之物好像都是肉红色的，比如树叶在早春生发出的嫩芽；还有，那一刻，清晨五点镶嵌在湖面上的朝阳。有时站桩是夏天的傍晚，不知站了多久，只知道，后来有一只鸟低低地飞过我的头顶。从没有一只鸟这么近地从我头顶经过，近到能听到它翅膀钝拙的忽扇声，像一扇老旧的木门。

一颗心，在寂静中涤荡澄明，身体里最细微的感知一点点被唤醒。这才发现：原来，内心真正的寂静，不是无有一物，而是万物都以更清晰的样子和我们在一起。

二

扯远了。回头来，老老实实做站桩的功课：

虚领顶劲，应该是一股清明之气上升，像清明前后，气清景明的天空；

初生之物好像都是肉红色的

下颚微收，含胸拔背，才发现节制内敛、让心性的水位下降，天地人世间的诸多能量就会像河水一样流淌进来；

松腰落胯，立身中正，体会在任何境遇下，做人要坚持的端正与定见；

五趾抓地，脚下生根，感念大地深处的凝聚、坚固、持久和力量。

"中正、节制、精微、平静、和谐"，万万没想到，这些东方文化的价值美感，就在这一刻，在静立中，会以自己的身体为通道，如此惊心地出现在我的生命里。

我在想，太极追求的境界，其实，应该是一个普通中国人对生命最美好的祝福吧！

难道不可能吗？我们和一代又一代习练太极拳的先辈相距并不遥远。

日月流转，不同时代，人的生活会有不同。但我们的生命却无有不同，生命中所面对的困顿、悲喜无有不同。或许在数百年前，同样是一个红日升起的清晨，或是倦鸟还林的傍晚，有人站在这里，内心也带着疑问，也小心地试探。我们身处不同的时空，却都努力着、努力着，经由太极拳这种修行的方式，寻求生命的信仰。何为信仰？应该不只是外界的戒律和规范那么简单吧，而是内心笃信、生命不断升华的愿望。

如今，无论身处何地，内心散乱无明的时候都会回头来站桩。身体在点滴感受，点滴试探，点滴调整。虽然心念难免还会有奔流和驰往。但我要做的只是，跟随自己的一呼一吸，不断地驰往，不断地收回。正是在这一呼一吸的循环中，找到的却是一切归零的样貌，和重新出发的勇气和力量。

咦，奇怪！"慢慢来"也受表扬

时间，真的是我们的宿敌吗？它真的只是我们，拿来追赶和战胜的对手吗？

一

不仅是学拳，我们在很多日常的行为上，大概都有种奇怪的惯性思维吧，那就是"快一点"！

例如，原本是带着孩子散步，孩子在身后拈花弄草、捉虫子，当爸妈的多半忍不住在一旁催促："快一点，好不好？"

或者去乘地铁从楼梯向下走，若看到即将关上的车门，总忍不住向下俯冲，涉险登车，即使地铁两分钟一班，即使原本不赶时间。

时代的车轮这么快，大家都这么忙，"快一点"是让人更有安全感吗？是不是只有"快一点"，才能会安慰自己说，不怕迟到、不怕落伍、不怕早起的鸟儿把虫子吃完了呢?

所以刚开始在东湖边学拳的时候,我真的够自卑的。

第一,自己的体质是有多差,才被迫练习这慢悠悠的运动呀?若是有朋友问起,更觉难堪,因为常被鄙夷:"那是老年人才做的运动吧!"

第二,即使和拳友们在一起,我也是那只进展最慢的笨鸟:别人站桩怡然自得,我却满头大汗;别人开始习练套路的时候,我还在压腿拉筋,和自己僵若木鸡的身体做艰苦卓绝的斗争。我一直暗想,照这样下去,迟早会被老师瞄到,然后被扫地出门吧。

二

可是,万万没想到——

记得有一天练功,大家都已站完桩,准备集合一起练习套路,可我还在用身体琢磨着老师刚刚口述的站桩要领。所以大家叫了我老半天,我都没反应过来;等到反应过来的时候,却听到老师对其他拳友说:"不用打扰她,让她继续自己的练习,这样慢慢来,很好!"

咦,不会吧? "慢慢来"也会受表扬?这大概是我从小到大，受到的最奇怪的一次表扬了！

快点吃饭、快点起床、快点走、快点做功课，这应该是我学生时代听到的最多的声音。自从当上新闻记者，那就更夸张了，编辑新闻画面，60秒等于1分钟还不够，24帧等于1秒才算精确。采访计划从年头做到年尾，季、月、周、日、时、分、秒、帧，真是环环相扣、步步惊心。

曾经最威武的记忆有两回：一回是翻山越岭赶路，一整天不下车，其他人因为晕车，东倒西歪吐了一路；而我居然吐啊吐就习惯了，还在云霄飞车般的情境下，写完了即将进行的直播策划案。另一回是到地震灾区，48小时，坐完飞机坐火车，坐完火车坐汽车，坐完汽车再徒步，其

直播采访，那些一直在路上的日子

雨过天晴 日常晨练的草地上长出了小蘑菇

间还要完成新闻报道和现场直播的任务。直到终于在灾区找到一处房子睡下，醒来却发现，屋里只有我和墙壁上新开的裂纹；跑出屋子找人，才知道，刚刚又发生了余震。

哎，居然一点没感觉到！

不吃，不睡，不晕车，甚至忘了会死，或许那一刻，我并不只是心中有多崇高的信仰吧。就是总觉得，面前好像分分秒秒都站着一个宿敌，它的名字叫——时间。

三

可是自从跟那些拳友一起习拳以来，怎么好像原本根深蒂固的东西都开始松动了呢？

年末聚会，拳友们坐在一起随便聊天，大家有的是公务员，有的是公司职员，有的是因患癌症开始练拳的病人，有的是练拳养生的阿公阿婆。

真是奇怪，即使是有公职的拳友，他们坐在一起也很少询问彼此的职务啊收入啊这些常规性话题，更不会牢骚满腹地抱怨，工作太忙、收入太少。他们谈论最多的是为什么练拳，以及其他生活中的兴趣和爱好。而那些患癌症的拳友呢，他们好像比我们普通人更热心肠地注意到，原来我们身边除了人类以外，还有很多生命也在努力地活着。他们会为一只经常出没于练功场附近的流浪狗，专门带去吃食；也会为每一个雨过天晴的清晨，而由衷赞叹。

至于那些阿公阿婆就更了不起了，他们聊自己学习新知的收获、旅行见闻。有几位年近七旬的阿婆，居然声称，自己的近期规划是壮游边疆，而且一定不要跟团，要自助游。

老天！听他们谈论的话题，我都不知该说什么好。

一直以来我的生活好像就只剩下：快、快、快，忙、忙、忙，家里连一盆绿色植物都喂养不活，更何谈兴趣、爱好。那时才惊觉，自己过去的生活原来如此乏味、无趣。

我在心里开始有些困惑：

快与慢到底哪一个更好？

快，不是能让我们争先吗？

快，不是能让我们得到更多吗？

慢，不是代表衰老吗？

慢，不是更容易失去竞争力吗？

可是，为什么？这些能慢下来的人们，比我以往遇到的好多职场精英，看起来要更快乐、更饱满、更暖热呢？

时间，真的是我们的宿敌吗？它真的只是我们拿来追赶和战胜的对手吗？

静待相遇

有没有发现？春天是带着气氛到来的，就像惊蛰过后的某个傍晚，风绵柔，还带着草木香——这是经历了整整一个冬天，慢慢熬出的草木香。

一

在厨房里炖了鱼头豆腐汤，大火小火，这么一点点炖，一点点熬，一盆清水熬出一锅奶白色的浓汤。汤炖好了，鱼头沉下去，带着蜂窝眼的老豆腐却浮上来。

埋头喝汤的人，突然仰头问我，为何喜欢做菜这件麻烦事？我在脑子里搜刮答案，一时竟然想不出个所以然，倒是无端地闪回无数个惊喜的瞬间：

瞬间一。在我家那间瘦瘦窄窄的厨房里，我爸晃动着身躯，做手打鱼丸。一碗清水，几勺盐，一双万能的手。鱼茸从老爸的拇指和食指间滑出，"扑通"，落在盛着热水的水盆里，然后，不紧不慢地浮出水面。"这就成了！"老爸说。

更无端、更无解的是第二个瞬间。小学一年级，老师给我们布置家庭作业——回家种一棵植物，看它长大。印象深刻的是，还是小屁孩的我围着厨房里忙碌的爸妈转圈圈，大人随手塞过一颗缺了一块的烂土豆，说："种这个吧！"

虽然稍稍有些沮丧，但我还是每日笃行浇水照料。那颗烂土豆竟然长出了茎和枝叶。后来的某一天，准备移栽那株日渐长大的茎秆时，我居然看到，无数个浑圆结实的小土豆藏在蓬松的土壤里。那一刻的惊喜，在一个孩子的心中，真无异于看到了奇迹！

二

开始练拳后，我渐渐察觉，那些让我惊喜和感动的事，好像都有一个共同的特征，就是，对时间有一份耐心。

我学做功夫菜，刀功是切、是拍、还是剁？一道菜该

武当山宫观一角的石刻

配哪些料？腌制多久？何时大火何时小火？炖多久？要不要关火后再加盖焖？这些样样都需要花时间去尝试、去揣摩。

我爸最得意的手打鱼丸这道菜，一条鱼、数碗水、几

勺盐，简简单单就这几样。盐和水的比例跟顺序，击打时的节奏、方向和力度，同样需要一双有耐心的手，去感受、拿捏和调整。

记得我最初练拳的时候，最恼火的就是拉筋压腿。看到有的同学一条朝天腿真的朝天飞去，再看看自己龇牙咧嘴的样子，心里就慌张着急；一着急就对自己的身体使蛮力，恨不得一天就能创造奇迹。结果身体和心理一拧巴，练习起来更费力，身体的伤痛也慢慢找过来。

在不断的受伤和恢复的过程中，我才慢慢明白：身体的改变，就像植物的生长一样，是有它自己的节奏的；每日的练习，就像浇水施肥，是我们的事情，但身体的生长，或青翠葱茏，或果实丰盈，那是生命的事情；每个生命各有不同，不要比，不用急，也急不来。没想到，这样一来，进步却自己找来了。

原来，学会对身体有耐心，对时间有耐心，对自己有耐心，生命总会回馈给你更多意想不到的奇迹——尽管你起初并未对奇迹报以过多的期许。

三

不觉得吗？

中国的语言多有智慧。那些在时间和耐心中长成的美食，叫功夫菜；那种近乎用信仰、仪式和静气冲泡出的茶，名为功夫茶。而中国的武术更有一个闪金光的名字，叫中国功夫。

功夫，功夫，实际不就是，花时间吗？

花时间干什么呢？花时间，整理各种关系。花时间，将多与少、急或缓、取和舍，将这样和那样，或是某几样事物之间的关系从容整理，整理出一个中国式的雅致、平衡又和谐的美来。

越来越觉得，自己对那些老手艺做出的东西有一份说不出来的亲，无论是吃食，还是老物件，或者是传统的技艺。过去一直想不出为什么，现在知道了，也许是因为，那些不慌不忙消磨掉的时间。那些不慌不忙，让每一件事物，以自己本身的节奏，像生命一样自然生长出来的时间。

生命中所有的相遇都无须慌张，该来的总会以它该有的节奏到来；着急了，去催促，到头来终归会回头再找各自的因果。

　　后来，无论是练功还是生活，我常提醒自己——莫着急！

　　生命是一场次第花开的过程，每一刻，我们都应全然地去创造、品尝生活的味道和质地。

　　然后，静待相遇。

第二章

初上武当

　　有时探索自己的方式是，去到不同的地方，见到拥有不同生活方式的人；然后保持一颗始终诚实的心，随时准备好，去接受、去怀疑，并对一切的可能性敞开自己的内心。

初上武当（上）

成长有自己的节奏。在东湖学拳一年后，在拳友的介绍下，我决定利用节假日，前往传说中的太极圣地——武当山，去看看。

一

"搞什么鬼！"

难道我是把自己扔到了极速飞车的赛道上了吗？除了同行的荣姐，路上连一个人也没有，只有一辆接着一辆的重型卡车从我们身边，像流星陨落一般，左一道线右一道线地滑过——当然，不是抬头看流星那么浪漫，而是充满随时可能被钢铁怪兽撕成碎片的恐惧。

这是我们在去往武当师行武馆（旧址）的路上。武馆在武当山脚下，临近国道，国道直通"车城"十堰，所以就上演了刚才那一出让柔弱女子尖叫躲闪钢铁怪兽的戏码。

武当山有那么多功夫馆，为什么选中这一家呢？

有时候，人生真的很难回答"为什么"三个字呀！

是因为偶然所以必然，还是因为必然所以偶然？怎么说呢，我只能用"如果不是……就……"这样的句式来解释这次选择了。如果不是一位拳友无意间的介绍，我就不会打开这家武馆的网页；如果不是看到馆长演练一套七星剑时如行云流水、剑走龙蛇，我就不会带着朝圣的心理直奔而来。

记得一位也曾去过武当的拳友说，他第一次从武当山火车站出站的时候，甚至会觉得，车站门口那些挑扁担卖菜的老爹爹、老太太都是武侠小说里深藏不露的武林高手。

二

此前，我的憧憬，也挺天外飞仙的。虽然没去过武当，但是武侠电影里那些关于学拳练功的画面早已根深蒂固。我想象着，武馆一定在一座云雾缭绕的宫庙道观里。一扇古旧的木门，"吱呀"一声被推开，一位衣袂飘飞的武当道

初上武当见到的云

人，出门迎接我们的到来。

另外，毕竟是到了太极圣地嘛，当然要学点厉害的，才叫"取了真经"呀。所以我也下了决心，此行要学那套让我看后为之惊叹的，武——当——七——星——剑！

但是，现实情况就如同我过去做新闻直播时的情形一样，现场的变化永远超出直播前的任何一次策划和预测。

武馆（旧址）虽然紧邻一座明清道观，但接待处是由过去的一座村办小学改造的。所以，院子里虽然打扫得很洁净，但绝对不是想象中那种群山连绵、溪水叮咚的样子。简单说，一句话，真的一点也不"仙"！

初到武馆，我们遇到的，也不是什么白衣似雪、衿袂飘飞的武当道人。这位接待老师，留着偏分短发，白短袖配西裤、皮鞋，举止殷勤，说话周到，倒是很像我过去采访时遇到的任何一个接待办主任。

至于我那个硕果仅存的另一个想象呢？当然很快也被击碎了。那位接待老师在仔细询问了我们的学拳基础后，就非常肯定、一定并确定地说："你们学不了七星剑。"看到我沮丧的样子，他还很"人道"地列举了几个实际案例，比如有一位广州的太极拳老师，太极剑还在民间赛事上得过奖呢，可是学了两天七星剑就折戟而归了。

三

好吧，像我们这样的菜鸟就不要硬撑了。

那我们做什么呢？

居然，还是基——本——功！

我心想："这个我驾轻就熟啊！在东湖边练的不就是这个吗？"但是，我真正站在练功场上，才发现，"新闻现场"又出现新情况了——这可不是我在东湖公园里练拳那样，早晨上班前站站桩、压压腿、看看风景。专业和业余是有差别的。南武当北少林，名号不是随便叫着好玩的。

武馆有严格的作息时间，什么时候进餐，什么时候上早课，什么时候午休，什么时候下午课，都有时间表。

作为一个很少有过"正常人类"作息时间表的前媒体工作者，我真不知应该为此高兴还是苦恼。

管不了那么多了，先来接招！

晨起练功，第一道"大餐"是：声名在外的武当三十六路腿法！正踢，侧踢，弹踢，外摆，里合……

总之，360度无死角地各种踢。踢得我和荣姐人仰马翻，周围尘土飞扬。

幸好，露怯献丑还有人做伴，再加内心还怀抱着初上武当的新鲜感，一天的基本功训练，我俩倒是连滚带爬地撑下来了。

晚上熄灯上床，窗外就是星空。伴着蛙叫虫鸣，我俩兴奋不已，调侃着白天的境遇："平时也是足蹬高跟鞋的都市白领，却在这儿花钱找苦吃，灰里来土里去地满地打滚，真够拼的！"

我俩当时还傻笑了半天，完全没想到，接下来的日子，会有什么等待着我们。

初上武当（下）

初上武当，一场令人"沮丧"的行程，就这样无比怀念地结束了。

一

学拳的第二天，我们在武馆见到了传说中的陈师行道长。果然仙风道骨，气宇不凡。我俩虽然学不了七星剑，但由道长亲自教我们桩功。我和荣姐得见"真神"，兴奋了老半天。

可是——

人生就怕"可是"和"但是"。

桩功嘛，站呗，练过呀，总比要命的踢腿舒服吧，有什么"可是""但是"的？

好！宣布答案：这里的桩功包括马步、弓步、虚步、独立步、三七步……

总之各种要求你像桩子一样站在那里的"步"，保证你两条腿的每一块肌肉绝无死角地受到"考验和折磨"。站得人龇牙咧嘴，面如土色；站得人腰酸腿软，忘了有腿，直到挪腿、走路爬高，才发现已抬不起腿了。

我在心中大呼：领教，领教了！

二

第三天，两个聒噪的人连说话的力气都没有了，吃饭的力气倒是越来越大。过去担心的什么塑形减脂要少吃呀，饭菜是否可口啊，心情不好吃不下啊，这些问题全都自行消失，真的就像广告里说的："吃嘛嘛香！"

而且我终于明白了，为什么接待老师曾经无数次提醒我们："吃饭一定要积极！"

为什么？因为比开饭时间哪怕只晚了十分钟，还有没有饭菜就有点悬了。（要知道，武馆里的大家，个个都"吃嘛嘛香"啊。）

有一次，我和荣姐因为想"笨鸟先飞"，所以下课以后又练习了一下——真的只晚了一下下，结果，到饭堂就只剩下菜汤了。虽然我俩觉得就着菜汤吃的那碗饭也是久违的美味，但我们也做了深刻的总结：练功也好，正当的进取心也好，吃饭是正经事，吃饭是天大的事！

老天！这再次颠覆我这个自认为工作勤奋的人的"三观"。回想身在职场的，难免会忙碌，但忙碌的目的难道还是忙碌吗？忙碌的目的是否应该是最终回归生活呢？

"嗯，再忙也要好好吃饭！"我对自己说。

除了到点吃饭，武馆还要求按点睡觉。对我而言，这也是一道难关。

"我倒是想啊！"

可是过去的生活，好像很难正常睡个觉。最"牛"的记忆是，有一年端午节，我临时接到紧急任务，三天时间，策划筹备一场上千人参与的电视直播。

"急、难、险、重，怎么办？"

怎么办？拼了呗，不睡了呗！三天三夜，看现场、写策划、人员调度，什么事儿都做，就是不睡觉！

任务是完成了，但这样不睡觉的"惊怵事故"遭遇多了，人就越来越不会睡觉了。

刚到武馆的那几天，真是难熬，晚上九十点钟就得睡觉。这要放在过去，不是在家里赶稿，就是在单位加班，这个时差叫人怎么倒？

熄灯了，我两眼瞪得比点亮的电灯泡还大，看着天花板，仿佛看到第二天一大早，正踢、侧踢、弹踢，各种踢；马步、弓步、虚步，各种步。

老天，我有点不知道是不是要赶快从武当山逃跑了？

不过说来也奇怪，每天泥巴土堆里滚滚，大太阳下晒晒，几身臭汗挥洒下来，"失眠"这种在城市里无比顽固的疑难杂症怎么就不治而愈了呢？即使像我这种睡觉困难症的"晚期患者"，居然也能做到鸡鸣而起、倒床就睡了。

三

那段日子，生活好像突然变得很简单：日出而起，日落而息，按点好好吃饭，有力气就好好练功。因为武馆附近就是农舍和菜田，所以每天早上，我和荣姐吃过早饭，走去练功场的时候，都会在鸡鸣狗叫的田间地头，碰到几位扛着锄头出门干活的老乡。他们在晨光投射的长长斜角中，面膛红彤、筋骨饱满地行走在山野和土地上。

看着他们，我突然觉得有点怀念：怀念起那个好像已经离我们有些距离的农耕时代了呢！

武馆旁的村庄 时间在这里慢下来

我怎么开始有点怀疑：我们都市人那么多焦虑、不安，是不是因为我们离开长天大地太久太远了呢？我们声称文明进步、依靠科技改造自然、制造娱乐夜夜笙歌。

可是，文明的定义到底是什么？

是人们更多地违背自然、试图去支配自然吗？

还是我们应该更懂得顺应自然，与自然共生呢？

"进步"真正的内涵又是什么呢？是只要快就好，只要慢就不好吗？还是我们应该更懂得，如何拿捏快与慢、选择快与慢呢？

学拳数日，到该离开的日子了。最初的预期一个也没实现，还几乎吓得中途落跑。

初上武当，这样一场有点儿令人沮丧的行程，就这样无比怀念地结束了。

荣姐（上）

把平凡的生活过得有趣不乏味，是一件有难度的事情吗？那些说难不难、说简单不简单的关卡，关键就在于，是否拥有一颗祝福美好的心吧！

一

把平凡的生活过得有趣不乏味，是一件有难度的事情吗？

比如，一碗隔夜的剩饭，如果加上翠绿的小葱、金黄的鸡蛋，瞬间就可以实现华丽转身。

再比如，一成不变的家，摆上几盆自己亲手养大的多肉植物，细节的亮点是不是就能制造惊喜呢？

我想，这些说难不难、说简单不简单的关卡，关键就在于，是否拥有一颗祝福美好的心吧！

好，既然我们都有这样的认同，此刻上图，给大家养养眼。

这些当然不是我养的"肉肉"。它们的主人是荣姐，一

位声称自己太瘦，所以才养多肉的姐姐——也是最初陪我上武当的那位姐姐。

"我养的'肉肉'都长小宝宝了，亲手给你移栽了一盆。"春天里，荣姐打过电话来，预告有一盆多肉植物马上驾到，并邀请我参观她的家庭小花房。

刚接到电话，我真有点"兵荒马乱"。因为过去总是忙、忙、忙，家里的装饰都是塑料绿植，从没养过会死的植物。这盆将要到来的"小鲜肉"，我要怎么招架呢？万一

死了怎么办？

所以"小鲜肉"驾到不久，我就很虔诚地到荣姐家的小花房去"朝拜"跟取经。

二

"哇！"

第一眼真的被震撼到。整整一个阳光天台，里里外外、高高低低全都是各种多肉植物，有像玛瑙石一样的石生花，有清雅的莲台，还有"叮叮当当"的钱串……（名字是现学现卖的，也只记得这几个了。）还有很多很多，挤挤挨挨，应接不暇，让我一时恍惚，如爱丽丝梦游仙境一般，一个不小心，落入了另一个精灵世界。

"好神奇啊，快教教我！"我直奔主题。

"要记住，多肉不爱喝水；但最爱温暖，最爱晒太阳。"

"这样就好了吗？这小东西还蛮好养的！"我以为拿到了秘籍，如释重负。

"当然不是，"荣姐接着说，"还有很多小虫子是它们的天敌。"

荣姐养的"多肉宝宝"

"要喷药吗?"我问。

"当然不能! 我都是晚上下了班, 打着手电, 拿镊子一个个捉虫子的。"

"啊!"我急了, "岂不是很麻烦?"

"不会啊。"荣姐目光柔软地看着她的"肉肉"说, "相反, 我觉得很好玩, 晚上在电筒的光束里看着它们, 就像看着熟睡的宝宝。它们是一群闪闪发光的小生命。"

荣姐讲得很童话, 我听得也很纯真。想想看, 我和荣姐在一起的时光, 好像总是这么毫无目的, 又漫无边际, 一副活在时间之外的样子。

三

最初去武当学拳就是和荣姐一起启程。那时我俩刚认识不久, 我对她的印象是两点:第一, 个头很小, 可小小的身体里蕴含着大能量。这一点从出发时她背的那个恨不得比她个头还大的旅行包就可见一斑。更夸张的是, 因为年龄上是老姐, 所以一路上她背着自己那座"小山", 还追着抢着要帮我拿东西。太强了! 第二, 再颠沛, 再慌张, 荣姐总是美美地出现在我面前。即使是在旅途, 她长长的头发也是直直地、一丝不乱地披在肩头；即使练拳辛苦，她也是脚穿一双绣花布鞋，轻盈地踏在土地上。

不仅对于自己，她对家里的陈设、装饰也极其讲究，一样一样都是真心喜欢。荣姐告诉我，有一次在外地，她遇到了一面特别喜欢的柜子，硬是自己开长途车，把这份"喜欢"带回了家。

"倒不是说多昂贵，只是在她眼里，生活能够用心讲究，就不能随便将就。"我想。

我问她为什么要学太极拳，她说："做那些喜欢的事情，是因为，我总相信前路会有一个更好的自己。"

也不记得曾在哪里看到的一句话，见到荣姐就会想起。那句话说：高贵是忠实地做自己，不需要别人来下定义。

荣姐（下）

在我生命里很特别的一次生长中，恰恰地，有另一个生命在见证和陪伴。尽管，她只是自顾自地绽放在自己的春天里。

一

很少有人一开始就能找到自己的路，道路总是一边行走一边清晰。荣姐说："套用我朋友跑'半马'的话，坚持啊，那不行，跑死了怎么办？问自己，到底要不要跑？想，那就跑！"

"嗯，身边再热闹，朋友再多，我们这一场生命，应该也是各自在跑自己的马拉松吧。"我猜。

我当初练习太极拳，是因为彷徨，也是因为坚持。彷徨的是不知生活的方向和幅度；而坚持的是，不放弃自己。

面对强硬的世界，一个人的坚持只是那么飘飘摇摇的一小簇，但还是会挣扎、会努力。刚刚好，在那段生命里我遇到了荣姐。她只是完全地在做自己，却让我在一份陪伴中，拥有了，向着未知迈出第一步的勇气。

我们一起在练功场上踢腿，笨拙又卖力，一副武功精进的样子。荣姐看看我，又看看自己，笑着说："好歹平日里也是风姿绰约的都市白领，看看你现在这样子，真是蛮拼的。"

说完，我俩都笑倒在地。不过笑过之后，还是一样地努力。倒不是为了和谁去比较，只是每一刻都想穷尽一切

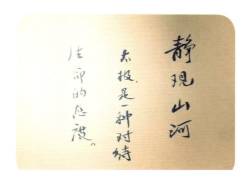

静观山河

太极,是一种对待
生命的态度。

地去感受,发现更多未知的自己。因为认真踢腿,
那一刻,荣姐和我都知道,我们找到了同路人。

二

练功之余,我写下习拳日记,说:

"于我而言,太极,是一种对待生命的态度。
动作和套路,或许只是一个身与心的导引方式:
导引我们在运动中平衡呼吸,在静立中寻找动的
契机;导引我们收回目光,内省自观,重新体验
和发现我们的生活。"

荣姐看了,让家人用毛笔慎重地手抄下来,
并拍照发布在自己的朋友圈里。然后,她对我说:

"读你的文字，总是从心底感动！"

其实，我才真是感动呢！原本只是一个人，在试探中趑趄的脚步，在摸索中幽微的心事。不承想，有另一个人"如得其情，哀矜而勿喜"，让人如何能不真心感动？

三

让人感动的事还有一件，一定要说。第一次上武当，练习基本功，总是很辛苦，每天都腰酸背疼。即使住宿只用爬到四楼，我们也如同脚蹬天梯。六月天，我还会在睡前全身抹着活络油，紧裹着被子入眠。

就在这样的一个夜晚，房间刚熄灯，突然听到荣姐大叫一声："哎呀！"我记得很清楚，她当时真的叫得有这么夸张，以至于我以为，她又在房间发现了什么"可疑物体"。（此前，我俩确实在屋里被一只小老鼠吓成这样，并连夜卷铺盖搬家。）可接下来，荣姐在黑夜里抛过来的一句话，让我吃惊得差点下巴掉下来。

她说："好美的星星呀！你看到没有？"

"看什么呀？"惊魂未定的我，起先真有点小情绪，心说："你的床靠近窗子，躺着就能看到天空；我睡在墙边边，抬头只能看到天花板。"况且我全身无一处不痛，碰一下就要散架的样子，哪有心思看什么星星！我紧裹了下被子，说："快睡吧，我真爬不起来了。"

如果放在以前，以荣姐随和的个性，一定不会再坚持。可是那天晚上，她像被那面星空施了魔法一样换了一个人，不依不饶地说："你一定要来看看，今天的星空太美了，在城市里我们已经多久没看到这样的星星了?"接着，不由分说，把我从床上提溜起来，硬生生推到了窗前。

我正待抱怨，但只是一抬头，人就呆住了，真的好美！沁凉如水的一顷天幕里，无数繁星深深地颤动着眼睛，它们清晰地、颗颗停驻在那里，仿佛每一次颤动都可能抖落下来，飞身和我们在一起。在那样一片向四面展开的夜色里，两个人、两张面庞，久久地凑在窗棂边，仰望着、仰望着，不知身在何处，时间也仿佛在那片星空里静止。满心惊叹，却也是无语。突然想到，这无言惊叹的刹那，是否就是传说中所谓的——"欢喜赞叹"。

作家蒋勋曾在他的一本书中提到，一次，从山林中归来，衣襟上还落着山花缤纷。他说："我知道，它们本无意因我来到世间，只是，我自己挂念，当成一种缘分，可以记忆，也可以遗忘！"

因为遇见太极拳，因为遇见荣姐，我好似能明白作者当时的心境。只是我无法遗忘，宁愿一直记忆。

很久我都不明就里，为何那些记忆愈行愈远却愈清晰？

此刻想想，或许只是因为，在我生命里很惊心的一次生长中，恰恰地，有另一个生命在见证和陪伴。尽管，她只是自顾自地绽放在自己的春天里。

第三章

人在囧途

　　生命是一场又一场相遇。我曾以为，
无论那些相遇是悄寂无声，还是惊心动魄，
终究会被滔滔的时间裹挟而去。直到生命
中有些至关重要的相遇发生，我才发现，
一切相遇都从未消失，而是揉捏、沉潜成
了如今这个我——这个虽然不够完美，但
逐渐完整起来的我自己。

端午过后 武馆附近的枣树开始结果了

再上武当 人在囧途（上）

别做梦了！在山里当神仙哪里是想象中那么
容易、那么诗意浪漫啊？

一

"老板，我们要两份黄瓜、两个鸡蛋！"

"你们是要点两份黄瓜炒鸡蛋吗？"

"不是！是两份黄瓜、两个鸡蛋！"

"什么？"

"请问是单独清炒两份黄瓜，再单炒两个鸡蛋吗？"

"不是！是生黄瓜切片。哦，麻烦帮忙尽量切薄片。"

饭馆老板提着菜刀，无比诧异地将切成薄片的黄瓜整
盘杵到点单人的鼻子跟前，问："这样行吗？"

"哦，行，盘子用完我们会还给你，还要两个生鸡蛋。"

"啊?!"饭馆老板整个人陷入蒙圈中。

正午烈日下,一胖一瘦,两个穿着灰扑扑练功服的人,付完钱,压低了头上棒球帽的帽檐,在饭馆老板困惑的目光下迅速离开。

"完蛋了,完蛋了!"宿舍门一经打开,我和荣姐就尖叫着冲进屋子。摘下棒球帽,两张脸惊恐地凑在唯一的一面镜子跟前,左看右看,上瞅下瞅,房间里随之爆发出惨烈的哀鸣声。

那个时候要是有人不幸从我们房间门口路过,一定会被吓到。

二

这是我们再次到武当学拳的第二天。按照农历,只是刚过立夏节气不久,怎么太阳这么猛烈?才练功两天,镜子前这张脸就已经惨不忍睹了。按色彩学的角度来分析,两天时间,我们的明度和彩度,保守估计,应该同步下降了百分之五十。

这次给我们教拳的李老师也是一位女性同胞。李老师说，她刚来武当练拳的第一个夏天，脸被晒得红肿热胀，起先没太在意，结果后来整张脸像蛇一样蜕皮，看起来十分惊悚。

"真的吗?"我和荣姐真被吓到了。我们的脸，可不是正在红肿热胀吗? 完蛋了! 我在脑子里飞速搜索: 防晒霜，没带! 晒后修复液，没处买! 美容院，没有!

我俩能想到的一切拯救方案统统泡汤。唉，生活在城市里的时候，总想着到天高地远的地方找清净，可是那一刻，我们真希望挨着武馆就开着一家商场什么的。

唉，看到了吧，人真是又贪心又矛盾呀!

穷途末路，我和荣姐终于想到一招，就是在那家偶尔打牙祭的农家小饭馆点了那道让人莫名其妙的黄瓜、鸡蛋。不是说，黄瓜、蛋清敷脸可缓解晒伤吗? 所以出现了文章开头的那一幕。

荣姐比我白，底子好，所以用黄瓜、蛋清补救了一下，效果就挺明显的。而我呢，本来就黑，而且我的眼睛因以前下乡采访时灼伤过，此刻更是变成了又肿又乌的熊猫眼。

我一边对着镜子兢兢业业地贴黄瓜，一边惨叫:"哎呀! 毁容了怎么办?"

"什么问道武当，什么飘逸的太极拳，在山里当神仙哪里是想象中那么容易、那么诗意浪漫啊?"我在心里碎碎念。

三

　　就这样，第二天武馆的练功场上，出现了一位身穿中国风斜襟练功服，足踏一双黑白道鞋，却面戴一副"大黑超"（墨镜）的女子（没错，当然是我）。由于动作本来就是刚学、不熟练，再加上墨镜加面、视线不清，所以，尽管我小心翼翼地控制，身体还是无法平衡，东倒西歪。

荣姐手绘的正在练功的我　（荣岚／绘）

我想，那一天，在一群气定神闲练功的学员当中，我那副极具穿越感的混搭风，再加上歪歪倒倒的样子一定很"拉风"！呵呵，更确切地说，一定又窘迫又滑稽。不然不会在下课后，好多学员都来到我面前，无比关切地询问我："怎么了？你还好吧?"

　　面对大家的关心，我还在强作镇定地说："就是眼睛有点晒伤，没事，没事"。

　　可是，那时的我哪里知道，接下来的日子，真的变成"有事，有事"了！

再上武当 人在囧途（中）

如果某一天，你能从我的话语、行动和思想里感受到耐心、温暖和善意。这一定是因为，那里藏着我走过的路、见过的人和感受过的至美纯真。

一

慢慢说，不着急！

话说，再次去武当学拳，我和荣姐本来是比第一次更有信心的，因为有了上次的底子，我们这次终于可以练习一些比基本功更高段位的功法了。真是有一种扬眉吐气的振奋感呢！

要知道，从最初的东湖练功到初上武当，我们好像一直就在基本功里打转转。

"这次学什么呢?"

"道家五行气功。"武馆的老师告诉我们,五行气功,就是模仿龟、蛇、鹤、虎、龙五种神兽的姿态,揉炼筋骨、练习呼吸吐纳。

我在心里想,中国古人可真是比我们厉害得多的大玩家啊!

当现代的我们被偶像剧里的狗血情节牵动着神经,对着屏幕傻哭傻笑的时候;当我们忙着在手机上刷屏、点赞,或焦虑、茫然的时候;当我们在商家定制的"520""618"等五花八门的购物节上,秒杀了一堆自认为捡了便宜、但事后想想好像又没那么必要的商品时,几百几千年前的中国古人,他们会如何消磨自己的闲暇时光呢?

他们可能正蹲在一只老玄龟面前,表情纯真地与那只同样纯真的神物四目相对,观察它缓慢呼吸的奥妙;或者,远远地注视一只芦苇丛中的仙鹤,想知道这只大鸟怎么仅靠一只脚,就能独立养神;又或者,草丛里钻出一条小青蛇,有人停下脚步,想研究一下,模仿这个小东西爬行的样子,并思考可不可以修炼到自己五脏六腑的某个器官呢?

这应该是具备一份天然的童真、一颗安静的内心和一种智者的精微感受力,才能顺利通关的游戏吧?想想都无

武当玉虚宫 斑驳的影壁

比佩服。

　　"认真练功吧，我也要试试像古人这么玩！"我在心中给自己加油。

　　兴趣是最好的老师。因为真心喜欢，我和荣姐根本就没有把练习当作一项劳心费力的课程，每天不用扬鞭自奋蹄，上课练下课练，白天练晚上练。这么一认真起来，一不小心我就犯起了老毛病：积极的进取之心超越了身体的承受能力。其实，就算是好的练习内容，如果超过了一定的量和度，也会有偏性，对身体产生适得其反的影响。

二

结果，晚上练功时，我的腰背突然变得别扭起来，动一动就卡壳。回宿舍后，情况更糟，躺在床上，整个后背彻底"死机"，动弹不得。我眼望天花板，脑子里正纠结挣扎：明天，我到底是要被担架抬上火车回家呢，还是以这种"卡壳"的方式在武馆继续练功呢？

这时，有人敲门。荣姐开门，我只能脖子以上做局部运动，扭头一看，原来是同学莫姐姐背着一个神秘的大黑包站立在门口。

"我可以进来吗？"

"请进，请进！"

莫姐姐说："听说你腰痛，我学过中医推拿，想来看看能不能帮上忙。不打扰吧？"

"天哪，怎么好像她麻烦了我一样，这人也太热心了吧。"我在心里嘀嘀咕咕。

"多谢多谢，请坐请坐！"

莫姐姐可没工夫坐，一进屋，就像哆啦A梦一样，从她的大黑包里，一件一件地往外掏各种"神器"。第一件是一个小棕瓶，莫姐姐说："这是随身带来的活络油，本来是为自己备不时之需的，先给你用上吧。"

莫姐姐一边说，一边让荣姐帮我翻身，她自己开始帮我治疗。我背朝着她们，别的不知道，只觉得她往我身上抹的活络油特多。我心想："太实诚了吧，会用完的啦！"

我正瞎想着呢，莫姐姐的工作好像告了一个段落。她又从包里拿出了手机，咔嚓咔嚓！

"哎呀，干什么?"我莫名惊诧。

莫姐姐说："别急，让你看看，你这背上有多少淤堵?你的身体，过去一定问题不少。"

"是呀!"我接过手机，细看自己的惨状。

莫姐姐此刻又掏出一件神器："这是刮痧板，你的淤堵很深，要用到它。"说完，莫姐姐专心致志地用刮痧板，顺着我的经络一点点把有"病灶"的地方拨开。整个过程她凝神聚气，像是在我腰背的方寸之地打太极一样，轻柔绵缓，但内劲十足。

我过去曾听说，中医治病实际是人与人之间，彼此身心的信任。医者慈悲，患者随顺，应该就是这样的吧。经过莫姐姐的治疗，我觉得身体轻松了好多。临出门时，莫姐姐还不忘从包里掏出两个"暖宝宝"，嘱咐荣姐给我贴上，并帮我盖上被子捂汗睡觉。

三

接下来，我就惨了，像装在保温桶里的面条，热烘烘地被包裹起来。六月天啦，身上抹着活络油，腰背上还贴着暖宝宝——大家发挥一下想象力吧，多么困窘的样子！

不出一会儿，我就忍不住了。"受不了了，是面团发酵吗？还是做米酒？"我边想边挣扎着把被子踢掉。可是我忘了，莫姐姐还留下了一位"管床大夫"在我身边呢！对，就是荣姐。真不知道黑灯瞎火的，她是怎么发现我正在违反医嘱的，我一踢被，她就下床帮我扯被，再扯再踢，再踢再扯，反正我任何微小的动作都逃不过她的法眼。

我在心里哀叹："为什么我遇到的人都这么有耐心和责任心呢？"

可能是这场拉锯战太消耗体力了吧，我俩一边拉大锯扯大锯，一边不知什么时候，都睡着了。

当第二天清晨的阳光，伴着山中的鸟鸣来到我们窗前的时候，我伸了一个长长的懒腰。

　　"真是一个美好的早晨!"我一边感叹一边挪了挪腰。咦，我的腰怎么又活过来了? 左动也行，右动也行。总之，经过一夜"高温密封发酵"，我没有变成一坨老面馒头，也没变成米酒，我的腰奇迹般恢复了。

　　"哈，又是一条好汉!"

幸好，有你！

> 她那么微小、那么柔软，却给予了我最大的
> 爱、温暖和力量。

一

后来，小小朵上武当了，而且还小住了几天。小小朵是谁？不用猜，就是我的小闺女喽。

对，我那时是一个五岁孩子的娘。

这是小小朵第一次出门远行，一双习惯了城市柏油马路的小肉脚，第一次踏在山间的泥巴路上。初到武当的头两天，平日里风风火火的小小朵还是高一脚低一脚地试探着前行。

可是，没过几天，小小朵就"雄风再起"了。晚上躺在床上，小小朵还和我分享心得呢："这儿真好呀，青山绿水，

树影下的武当玉虚宫

还有甜甜的空气，还有我的好朋友点点。"（点点是武馆的一只小黄狗。）

　　能陪伴小小朵打开感官、发现世界，我真的又欣慰又喜悦。不过持续一周下来，当娘的可就惨了。因为，原本我每天练功学习的节奏就无比紧凑，现在作为孩儿她娘呢，还要洗衣、打饭、讲故事……在我和小小朵的娘之间进行角色切换，云小朵发现，在一段时间内，想要兼顾两个做起来都有难度的角色，并且都要做好，这实在是一个太贪心的想法。这样下去，不仅学习进度会被拖延，而且最终，云小朵和小小朵真正相会的日子也会更远。

对啊！其实这次旅途中的两难，也正是学拳路上日日噬咬着云小朵的两难。

我去学拳，常被人问："你不管孩子了吗？这么狠心！"在遇到这些问题的当口，我总是理直气壮地回应："我不调整好自己的身体、整理好自己的内心，即使守在孩子身边又能给予她什么呢？"

可是在每一个无人的夜晚，那些对亲人的愧疚、对小小朵的牵挂，又会像石头一样压在我的胸口。

压胸口的石头还有好几块：小小朵上幼儿园之后，我正式向家人告知准备辞职的打算（因为想在孩子上小学前这个空当，做一点自己想做的事）。起先，父母在言语上不动声色，但内劲十足。后来，形势更严峻了，只要我回到家，我爸对我的气愤之情，就会一触即发。也有朋友问我："你这次玩儿大了，看你怎么收场？"

“是啊，我该怎么收场？”多少次，我也会暗暗问自己。我们追求自我的改善，可是，在一切都还是未知的当时当刻，这副肉身又该如何安置？但“哀莫大于心未死”，也许真正到了一定年纪，才能明白这句话的真实含义。

二

曾经有一度，我问自己，如果没有小小朵，我选择的这条路会不会少些羁绊和牵挂？

直到有一天，我从噩梦中醒来——梦到失去了她，才知道小小朵对我是多么重要。其实不摆平自己的内心，即使没有小小朵，我还会有其他的困扰。

而因为有她，我才能在面对人生的每一个关口问自己：“如果小小朵在身边，作为妈妈我会怎么做？”

就像此刻，我突然忆起：我这段生命的重新开始，除了自身健康的缘故，其实也有小小朵带来的因果和助力。

记得那时小小朵刚刚降临，兴奋的我总爱写写画画，记录下孩子成长的点滴：

“宝宝半岁了，已经可以一个人端正地坐在那里。”

“三岁的小小朵帮妈妈梳头，朵妈说：‘你好可爱！’小小朵说：'那我把你也梳得可爱一点喽！'"

孩子再微小的变化，也会带给一个母亲巨大的喜悦。可是，写着写着，记着记着，突然有一天，我惊怵地发现："啊——怎么会这样？"小小朵的每一天都是迎接新的日出，而我的每一天，都只是对自己，心头空空地目送。难道，真的像《爸爸去哪儿》的主题歌里唱的那样，"我白了头发，你慢慢发芽"吗？

对于孩子而言，每一天都有新的自己长出来。可是，有多久了，作为一个母亲，我的每一天呢？怎么好像每天都很忙，但只是忙着做一件事，就是反反复复做过去那个自己。最可怕的是，我对这一切，浑然不觉。

在这本书里，在笔下这些走走停停的文字当中，我一直在试图梳理自己这趟学拳旅程的种种因果；但千里之行，起于足下，这个"足下"应该也有一个母亲，在面对一个新鲜生命的时刻，蓦然升起的惊怵和警醒吧。

三

千里之行，迈出第一步，其实这条路并没有那么热血和浪漫。在最艰难的时刻，人们往往需要的是一颗孤胆。

但我没有那么勇敢，内心也没有那么强大，只是心中有一个念头：寻找一条改善自己的路。不过，可不是再也不赚钱、不工作那么不切实际的逃跑，也不是背离至亲的孤绝弃世，我只是想在那说长不长、说短不短的人生中，抽离出一小段时间，去试一试。

试什么呢？

试试看，生活有没有另一种可能？

生命呢？难道一个生命的出生就意味着另一个生命要壮烈地牺牲吗？

或者，有没有另一种可能呢，你、我、我们，彼此滋养、持续生长？

说是试试看，其实哪有那么轻巧。不过，很幸运，我有小小朵！当我周围的世界只剩下冰冷的墙壁时，至少还有她。无数次，她用温软的脸贴着我的脸，对我说："妈妈，我爱你！"她那么微小、那么柔软，却给予我最大的爱、温暖和力量。

宝贝，感谢有你！

再上武当 人在囧途（下）

在商业营销无处不在的时代，对于表面热络的人，我们难免心有忌惮地连连后退；而那些人与人之间，无须戒备的热情、善意和真诚，也变得弥足珍贵。

一

原本以为，莫姐姐治好了我的腰痛，我此次"囧途"应该上演一场峰回路转的大戏了吧。但我必须承认，再上武当之行，我囧得，很彻底。但生活也会再一次证明：当你对一件事情彻底失望的时候，事情往往又没有你想象的那么糟糕。

悲惨的是，这次课程的最后一天，我的武功秘籍小本（学拳笔记）弄丢了。笔记本记载了我学拳以来所有心得，寸土寸金、字字珠玑。

还记得，和我一样，具有"神经敏感体质"的天秤女荣姐，神秘兮兮地问我："你觉得这次你遇到这些事，是要暗示些什么呢？"

暗示什么？暗示我点儿背呗！

临走时，我还不死心，烦请在武馆上长期课程的陈先生有空的时候帮忙再找找我的"宝典"。

回家数日，音信全无。后来有音信了，是武馆的老师告诉我，我走之后，老先生一遇到学员集中的时候，就挨个询问其他学员，有没有见到我的秘籍小本。我在 QQ 上对陈先生说感谢。老先生回："有个成语叫使命必达，我没有帮上忙，很遗憾。"

陈先生来自台湾。记得我们第一次认识陈先生，是我和荣姐在饭堂吃饭，恰好和他同桌。荣姐问他，在武当学完拳是否就要回去了？

"不会呀！"陈先生说，他会继续留在这里，学习五年的中医和针灸课程，然后考医师证，实现自己悬壶济世的梦想。这样的雄心壮志从一位老先生的口里说出，怎不让人心生钦佩？于是，我俩盛情邀约，希望老先生有空的时候，到我们的主场武汉去做客。"一定！一定！"当陈先生感到盛情难却，一迭声答应的时候，我和荣姐转念一想，就变卦了："您还是别去了，刚学针灸，别把我们当小白鼠扎了！"三个人都笑倒。

二

此前，我和荣姐每次都来去匆匆，对陈先生的印象是这样的：总穿着一身黑麻练功服、一双橡胶球鞋，背有点驼，头发纷乱如风中的蓬草，但一双眼睛却灿若星辰。另一深刻印象是，他好像和谁都有聊不完的话。这次到武馆第一眼看到他，他也正和武馆的老师面对面聊天，应该在讨论拳理。远远见到我和荣姐，老先生睁圆了眼睛、张大了嘴，意外又兴奋的样子。 时间真是一个有魔力的东西，有时候像水，会把原本浓稠的东西稀释；有时候又像酒，会发酵出意想不到的心境。就像我们和陈先生，原本过去也没有太多往来，可是隔着一段时光，再次在武馆遇见，瞬间竟有一种"似是故人来"的亲切和感慨。

我和荣姐这次学五行气功，和陈先生成了同学。五行气功要模仿龟、蛇、鹤、虎、龙五种动物的行动特征，练习呼吸吐纳。我们的学习时间短，只得每天攒眉怒目、强挤硬塞。可是即使这样，学到龙形的时候，我还是彻底"被打败"了。只见老师手脚并用，扭转腾挪，左一圈右一圈，正一圈反一圈。我举着手脚，一时间真不知该把自己怎么办。幸好陈先生以前学过，所以课上课下不厌其烦地演练给我和荣姐看，我俩才终于涉险过关。

吃饭的时候，陈先生又热情地告诉我们，他电脑上有课程视频，晚上可以通过 QQ 传给我们。我和荣姐相视而笑，每天我们练功练到"筋骨尽断"，吃晚饭都有气无力，等到吃完饭、洗完碗、洗完一身臭汗的衣服，又洗完比衣服还臭的自己，除了倒头就睡，哪里还能多出一口气去开电脑接收文件啊？况且，还是超大视频文件；况且，那时还是用村镇小宾馆里的"龟速"宽带网。所以，没有等到陈先生传来视频，我们就睡了。

第二天见面了，我俩都不好意思。可陈先生倒是先道歉，说昨天弄晚了，看我们不在线上，怕打扰，也没有传。不过他可以帮我们借个 U 盘，把视频拷贝下来。我心想，这位老先生也太热情了吧！

其实，陈先生不但对我和荣姐热情，对其他人也热情到"令人存疑"：课间时段，他会给同学们分享自己的练功心得，给有疑难杂症的同学抄写中医药方；午休时间，

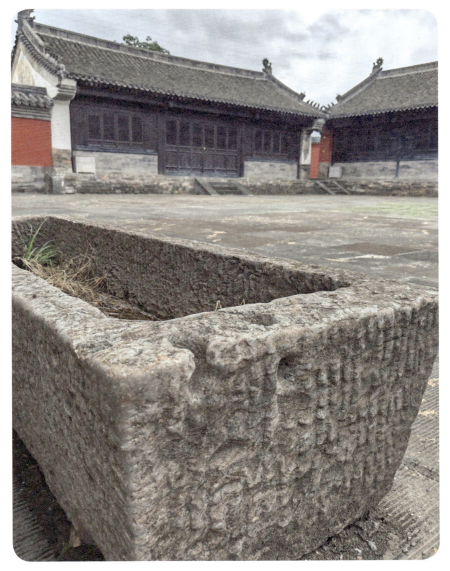

曾经在这里练功

他会给新学员当向导，探寻武馆附近的徒步路线；甚至还会给武馆的一些实习生分享工作上的规划和建议。呵呵，真是比热情的居委会大妈还操心呢！广漠人世中，好像很久没遇到这样的善意和诚恳了，不是吗？

在商业广告满天飞的都市里，无处不在的促销话术和营销手段，让我逐渐对"热情、善意"这些原本单纯美好的词语心生芥蒂。最初与人交往时，面对表面热络的人，我总是有些戒备，所以对于热情到不可思议的陈先生，开始我还有些不以为然。可是，时间总会让我们对那些相遇的人、事、物看得更加清晰。

三

话说武馆里有一位同学总爱独来独往、性情多疑。很多人对她嗤之以鼻。她对大家的误解也变得更深，因此也常在同学中滋生出一些矛盾和事端。

面对这样的人，我自己最大的善意可能是远远离开。看到她学拳摸不到门道，又遭他人背后嘲笑，虽不参与，但也漠然。可是有一次上课，不经意间转头，看见陈先生正在纠正那位同学的错误动作，眼神中的诚恳、话语中的

春雨润物无声

耐心，就如同他上次教授我们一样，也如同他平时对待身边的任何一个人。在这样的善意下，那位同学居然呈现出了平时难得一见的温和、安静，眼神中也流露出信任的光芒。

那一瞬间，我在心里开始重新审视"善意"这个词的真正含义。

人的一生，真正有关生死契阔的大事毕竟只有那几件，更多的是寻常的生活。一个人的善良和慈悲，应该不仅是在大是大非的事情上做善事，更是在有余力的情况下，对寻常生活中每一个有缘遭逢的人、事、物，有一份宽容和担待。真正的慈悲，也绝不是对待弱者居高临下的怜悯和恩赐，而是如同对待自己一样，理解每一个生命的黑暗与光明、卑微与崇高。

四

因为这些有缘遭逢的人、事、物，我和荣姐与陈先生成了朋友。我心中也开始重新坚定人与人之间本该存在的热情、善意和真诚。

我们一起练拳，一起聊中医和太极。那次武当之行还恰逢农历端午节，我们和很多同学一起在集镇上买了艾草和黄酒。其他同学都来自外地，我和荣姐是湖北人，当仁不让地做东，在农舍边的土菜馆吃土锅土灶做出的土菜。席间，老先生更有说不完的话，而且跟谁说话都爱笑；而且不论大小事，都是仰天长啸。过去，我总觉得他的笑里带着孤寂和自嘲，可是那个夜晚，我们好像在他的笑意中看到了难得一见的释然。

一帮同学聚在一起，吃酒、畅聊、啸歌，直到深夜。小小的山坳里，周围的农舍，灯光一盏盏熄灭，四面青山暗沉。在那个夜晚，好像所有的黑暗，都围拢到我们那扇散发着橙红灯光的窗口——取暖！

我们的课程几天就结束了，在回程的火车上，我和荣姐收到老先生发给我俩的短信：

　　两位女侠好：

　　　节庆日益式微，已多年不知其味，幸赖两位女侠热情邀约，得以重温儿时欢聚时光，汝等盛情款待，愚兄没齿难忘。

　　　　　　　　　　　　　　　　　老同学谨寄

　　后来听荣姐说，陈先生到广州学中医了，途中经过武汉转车，在车站枯坐两小时、犹豫两小时，最终也没联系我们。荣姐告诉我，老先生说，因为担心我们路途不方便，更担心见到我们，他会忍不住飙泪。

山与海

他，不是武功盖世的一代宗师，也不是纤尘不染、自小修炼于山林的武当道人。他来自海边，却与武当有过一段缘。

所以，我叫他——

山与海。

一

后来，我和荣姐一攒出假来就去武当，即使三天五天，跑得风尘仆仆也兴致盎然。

有一次，也不知具体是什么日子，只知道应该是一个夏天，因为武馆的作息时间已更改为夏令时了。下午4点上课，我和荣姐3点才拖着行李晕头转向地到武馆办理入馆手续。我记得很清晰，那天下着细雨，武馆里很静，静

得像一块被雨水浸湿的山石。

"没有其他学员吗?"我问,

"现在是午休时间,上课时你就知道有多少人了。"教务老师说。

上课了。人,果真像突然从地下冒出来一样,呼啦啦站了几大排。他们面朝的方向,是一厢铺着茅草屋顶的凉亭,越过屋顶,几株笔直的水杉直指天空。

他,是武馆的老师,静静伫立在凉亭前。我们站在远

处看他，他清瘦劲厉，几缕青须垂于颈前，一蓬长发束在脑后。那天他穿着苍蓝布褂、藏青裤子、黑布鞋，深深浅浅，像一幅笔墨未干的写意画。

他带领大家练习太极拳基本功。四下里老老少少、男男女女，他却旁若无人地静谧，自卷自舒、花开花落。

突然想起，平生第一次去看北方的山，藏青色的山脉在静谧流淌的晨霭中升腾显现。那时我才发现：哦，原来山，果真是有气的……

二

这次我们来学习的是"武当太极十三式",他站在我和荣姐面前,告知我们,由他来教授。

我俩兴奋得恨不得转身跺脚尖叫。不承想,上课了,做他的学生不但累惨,还一点儿不敢偷懒。

因为,他教拳从不多话,也不讨巧,一个招式,他演示的次数比我们练习的次数还多。

我们练习的时候,他对我们只说一句话:"要不就不练;要练,每一遍、每一招都应严格。"

学习"活骨气功",脊柱如何运动?我们实在不得要领。他闪身离开了。没等我们回过神来,他拈了一片竹叶到我们眼前,手指拎着叶尖,让竹叶的叶脉带动叶片卷动,以此告诉我们,脊柱要这样一节一节地卷起、一节一节地展开。

哦,难怪他的拳打得不一般,没猜错的话,原来,他的老师是"自然"。

每周四武馆休息,他说:"你们时间紧,要是没什么别的事儿,我练拳的时候,你们一起来跟练吧。"啊,假期也不休息，怎么会有对自己这么严苛的人？

有时下午在毒日头底下苦练，衣服尽湿，他也会提醒："练功很辛苦，你们要多喝水。"

端起杯子喝口茶的工夫，我们问他，是不是从小在此学拳？才得知，他不是本地人，他的家乡在沿海小镇，家门口有河，乘车三十分钟能看到海。

"为什么从这么远的地方来武当？"我问。

"因为喜欢太极拳。前年来过这里，后来就辞去工作，来此专心练拳了。"他答道。

待要再细问，他又是一贯的静谧和沉默。

我在心里想："老师对自己和学生所有的严苛，会不会来自一份最真切的紧迫和热爱呢？"因为，和武馆里那些自小学拳的拳师相比，他现在所从事的，应该不仅是一份遵从惯性的生活和职业，更是一份忠实于自己内心的选择吧！

三

学拳数日，转瞬即逝。回到武汉独自练拳，其间在网上找老师的课程视频，才看到他的网名叫"与山的缘分"。很意外，我还看到静谧、严苛背后，他在武当的另一种生活：

"后山练功，有缘结识一只老玄龟，遂带回好生照顾。"

"与玄龟午后散步。"

"采了何首乌和山枣。"

看到这些生活点滴，我记起沈从文的小说《边城》："黄昏照样的温柔、美丽、平静。但一个人若体念或追究到这个当前一切时，也就照样在这黄昏中会有点儿薄薄的凄凉。"其实，生活再热闹、朋友再多，人生中真正的孤独和凄凉终究要自己面对；人只有学会如何自处，才能在这真正的孤独和薄薄的凄凉中看到温柔、美丽和平静。

"会不会是这样呢？"

转头在百度上搜索，方得知老师的家乡位于江河的入海口，从汉代起，那里就是海上丝绸之路的始发港口。我在脑子里想象，千百年前，一支支商船满载着货物和人们的黄金梦从那里一路向西；千百年后，这个位于西南要冲、毗邻诸多发达省市的边陲城镇一定有更多人带着淘金梦出发。而他，这个来自海边的青年，要有多么宽裕的内心、要抵抗多大的外力，才能做到追随本心、一路向北，做一个与山有缘分的人呢？

四

深秋的武汉，碧云天，黄叶地，秋色连波，像是一樽盛满金色阳光的玻璃杯。他，一肩行囊、一支箫、一个人来到这里，说会做短暂停留。

早先得知他要来武汉授课，武汉的学员都很高兴，在笔记本上点点滴滴记下满满的疑问，准备向他讨教在拳理书里找不到的答案。

问："站桩时，要想象真气怎么运行呢？"

答："什么也不用想，感受到你的呼吸就行。"

问："打拳时，呼和吸要怎么和动作结合呢？

答："不用想呼吸，最初练拳时自己觉得舒服、自然就好。只是劲不要断。"

"搞不懂什么是所谓的劲。"我说。

他却说:"不懂就不懂,索性不理它。就像小朋友学东西,只管埋头练习就好。"

这样的回答,当然和我们的想象大不相同。我在心里暗暗怀疑:"怎么好像什么都没说一样? 这样练功,能学到什么?"

直到连续几天半信半疑地按照老师说的放下一切去练习,才知道过去自己脑子里的桩子扎得有多深。

原来,摒弃杂念、自然呼吸,把注意力放在体会每一个动作上,你会发现,往往有那么一瞬间,过去抵死纠缠的所谓拳理,会以世间万物的面目出现。最后他说:"所以,做了以后再思考,比做之前想一大堆进步要快。"

那时我们才明白,老师完全可以用更玄妙的理论给我们讲拳,显示他的高深;但他说话从不翻山越岭,而是拧干了水分,全是自己练拳的体会、心得。

他授拳时惜字如金,生活中更是沉默寡言。最初我盘算着,再静的水,扔几块石头也能激起点水花,你不说,我们说呗。可后来发现,在他面前说话,就像对着森森的山谷喊话,叫再大声,也只听到自己空空的回声。

灰溜溜地闭上嘴。咦，真奇怪！怎么好像关上一扇门，开启的是更多的窗。在东湖练功，发现东湖的秋色，颜色最丰富，红枫、黄叶、多彩的画船；如盖的梧桐树林中，群鸟翔集，像在集贸市场赶集一样热闹；草地上，还有踱着方步的长尾巴喜鹊。

我对老师说："真没想到，把那些平时多说的话像搬石头一样，一块块挪开，听到、看到的是世间万物像清泉一样地流淌。"老师的回复："当眼睛、耳朵变得更加敏锐时，我们能聆听到自己、他人和更广阔的世界。"

五

他要离开武汉的时候，和我们说的话更少了。

我在网上通过QQ跟老师道别："非常感谢，在武当认识了像您这样的老师。这让我重新思考，什么才是生活中最重要的东西。我们都在寻找自己心中的桃花源。"

很久，他敲过一排字来："很多学生问我，你修行是为了什么？我都是这样跟他们说，为了守住自己的那一片清净之地。"说完再无多语。

人生川流不息，无始无终，"不喧哗，不勉强，和热腾腾的时代保持适当的距离，学会自处，凝视人心"。我在想，这样的人，应该更能听得到生命中青绿的细流声。

　　这是一篇写于过去的旧文，那时我觉得，这些文字就是真实的"山与海"，但生活常常不可能一下子水落石出。

　　后来，我慢慢了解，尘埃之上，生命所具有的一切光明与无明、崇高与卑微，他身上都有。他是尘世中任何一个心有不甘、又不得不为真实的生活，仆仆而行的路人甲乙丙丁。

　　但我想，正是因为这一切，他，应该是我真正意义上的太极拳启蒙老师。

　　他的故事还没有完……

最清晰的声音有时是留白

幸好语言不通，我们之间才出现了这么多
"留白"。我才有机会发现：过去的自己太多去表
达，太少去倾听。但留白就像土壤，有时会生长
出最清晰的声音。

一

作为一名前新闻直播记者，对于我而言，"说话"这
件事，已经不仅是日常交流这么简单了，有时简直上升到
"还想不想要饭碗"的严峻现实。你想啊，我在生活中和
你聊天，突然停顿十秒钟，你可能以为我在思考；但若在
电视上，你看到一位直播记者突然对着镜头发呆、低头抠
指甲，超过十秒钟不说话，大家应该可以确定这是个重大
播出事故了吧？

所以，经历过这样严苛的训练，我好像成了一个很怕冷场、话多到不给别人留缝隙的人，对此以前还引以为豪、自以为是呢。可是，自从遇到那位惜字如金的老师"山与海"之后，我开始很正经地思考"少说话"这件事了。不过思考归思考，真正把"闭嘴"投入实战，最初好像是因为我和玛莎之间语言不通、鸡同鸭讲的尴尬。

"嗯，这……'呼吸自然'这个词用英语 how to say（怎么说）？"

我穿着一身雪白飘逸的练功服，刚刚气定神闲地打完了一套太极拳，就陷入了一场中英混杂、东一榔头西一棒子的头脑风暴中。

真是搞不懂，玛莎同学看到我这副手足无措的样子，怎么还会捧场地找来翻译对我说，看我打拳她觉得内心很安静。记得很清楚，第一次在武馆相遇时，她两眼放光地看我打完一套拳，居然还给我来了一个超热烈的熊抱！

玛莎出生在俄罗斯，读书时拿过美国学校的奖学金，后定居德国，却因为热爱中国太极，卖掉了工作后仅有的家当——一部小车，来到了武当。她会俄语、英语、德语，但不懂中文。

而我呢，三脚猫的英文口语实在仅限于几个单词。

热爱中国文化的玛莎

　　所以她说自己是博士，说了几次，我都没弄明白："是什么大学、什么专业来着？"（后来越来越发觉，即使知道这些信息，我们对一个人真正的了解又能增加几分呢？）

　　更何况她常问我的问题是：为什么看你打拳能让我内心纯净？

　　唉，我满肚子头头是道的见解，却倒不出来！第一次发现自己口拙；第一次，因为无奈，把要说的话塞回肚子里。

二

语言不通，我俩沟通的固定情境成了这样：

1. 哈喽，have a question（有个问题）！

2. 哪里？这里！（然后做肢体动作。）

3. 为什么？怎么做对？

4. Don't know how to say.（不知道怎么表达。）

最后，无奈闭嘴。

所以，我和她之间，更多的是去听、去看，然后让一切像酒一样，在时间里静静地酿……

比如有一次，她看到我练习太极拳基本功，觉得我出拳的手伸展不足，她比画了半天，又用英文解释了半天。要不是因为表达困难，真保不住我听到一半，就会发表心里那点自以为是的看法。但听不太明白呀！要表达就更要命了，所以只能像参加英语听力考试一样，她一遍又一遍说，我凝神屏息地安静去听！

结果，我最终抓住了关键词，她要告诉我："太极拳中，身体向下不是为了向下，向下是为了向上或向前。"

被迫止语的我，细细想了想，何止太极拳，人生何尝不是这样？

哈哈，不说话收获这么大！

还有一次，我用简单的英语告诉她，我们日常的节奏如果慢一点，也许会更好。可她却说，自己如果慢下来，就会昏昏欲睡。其实，我对她的话根本还没有细致地思考，心中就升起了很多浮皮潦草的理由和辩驳。但一想到即使我动用十成的英文口语功力也说不清这个议题，便沉默下来了。

沉默像土壤，一些浮于表面的结论会获得更多梳理的时间："会不会是这样呢？单纯地讨论快与慢，好像都不太客观。问题的关键是如何针对具体的情况，平衡快与慢的关系。"

嗯……我在心里庆幸，如果不是有沉默作为留白，自己哪会有时间这样去深入思考呢？

三

我和玛莎之间，这样的情景发生的次数越来越多。我也越来越意识到，幸好语言不通，我们之间才出现了这么多留白。自己才有机会去发现：过去的自己太多去表达，太少去倾听。即使听，也根本没当真在意别人在说什么，

而是在和别人对话之前，常常早已有一个预设的偏见或傲慢在那里，就等在对方话语的转角一下子跳出来，辩解、说服，然后显摆一下自己。

认真听，何时变成了如此千载难逢的事情？又有多久了，我已经忘了把问题放进沉默里，然后去倾听自己心中的答案？

我们生活在一个多么好的时代！一个字或词在键盘上敲打出来，问候一下有求必应的"百度"，就有成千上万个答案欢呼雀跃地跳出来。获得这些现成的答案又轻易又安全，而我们由此失去的是什么呢？

"天哪——"

我们失去的是自己的判断力、选择力和思考力吧！

我被那个还一直浑然不知的自己吓了一跳。

因为这些留白，我回头来，重新拾起一些很珍贵的东西：倾听别人，倾听自己。原来，倾听别人，实际上是学会真正地把别人放在心上；倾听自己，其实是学会真正地把自己放在心上。

四

学习中国功夫，师父教学生都强调一个"悟"字。过去我对此嗤之以鼻："这不是故弄玄虚吗？"可现在想想，真的不必抱怨为此浪费了时间。

不是吗？每个人都有自己非走不可的弯路，没有郁结，何谈化解？任何的弯路，只要带着自己的思考去经历，又何尝不是正途？我们好像真的应该学着自己去找找答案。因为，在寻找答案的路途中，我们收获到的，往往是比那些事先希望得到的答案更多的东西：

比如，那些已丢失很久的自我感知能力；

比如，那些在寻找的过程中才慢慢升起的毅力和勇气。

为什么会觉得是浪费时间呢？为什么怕走弯路呢？我

们这一生的功课，难道不就是走一条最最遥远的路，去找回自己吗？

一个有云、有夕阳的傍晚，我和玛莎在饭堂里面对面吃饭。透过窗子，夕阳给了我俩一个大大的斜角。我在心里酝酿半天，一个字一个字地蹦着单词，对她说："我觉得，我们俩很 cute，说很少的话，却能明白对方。"

她用"龟速"英语对我说："可是，从小到大，有些人对我说了很多很多话，我却很难明白，他们到底在想什么，他们到底要做什么呀！"

"是吗？"

"好像是哦！"

哈哈哈……

第
四
章

相顾无相识

　　探索未知的自己，是一条孤勇之路。
难点在于事先没有地图。往往是热血兴奋
地上路，在人烟越来越稀少的路途中，唯
有经历了痛苦才懂得什么是深刻。

　　那时的自己，现在看来虽然有些冲动
和可笑。

　　但，还是感动了此刻的自己。

荣姐手绘的我们仨儿 （荣岚／绘）

淑萍来信

淑萍，是我和荣姐在武当学拳时，认识的另一位来自中国台湾的同学。这位姐姐瘦白，斯斯文文的，戴着一副金丝边眼镜，说话是娃娃音，但内心却豪迈彪悍。

怎么说？尽管出门前搜集到了众多一个人旅行的安全问题，她依然不改初衷，孤身一人勇闯武当。

酷吧？

何止勇闯，还上瘾呢！

这是回家后不久，我和荣姐收到的淑萍来信：

你们好吗？

谢谢你们，周六已到家。

真是奇怪，回来后还真不习惯。高雄这几天好热，工作实在提不起劲呢。

常常不期然地就怀念起山中习拳的日子。

一个人的旅行虽然外人觉得无聊，但个人觉得其实全身感官细胞特别敏感，无论是视觉或听觉。其实感受是特别深的，同事问我武当好不好玩，

我说好玩——山美人好。

今天中午吃完午餐，抽了个空到公司附近海边吹吹风。我要好好想想，因这趟旅行，我的想法，改变了不少。

我很开心看到自己某部分的成长。

但是……想着想着……很烦，因为又想起武当。

收到淑萍这封来信的时候，我正热衷于DIY（自己动手制作）各种小点心，并热情加显摆地邀约荣姐到我家来，品尝我的泡芙"处女作"。

在甜香四溢的鸡蛋、黄油的气氛里，我们俩一边大啃着泡芙，一边居然还能腾出半张嘴来，几乎是异口同声地问出了一个较为深刻的问题：

"泡芙忘加奶油了吗？"

哈哈，当然不是！

我俩都很好奇的是："咦，你说，为什么我们身边每一个去武当学拳的人都好像会有点上瘾呢？"

我舔了一口嘴角上的奶油说："荣姐，你有没有发现，我们在武当碰到的人跟我们平时碰到的不一样？"

"是啊，很单纯，很热心，很有爱。像莫姐姐、陈先生、淑萍。"

"你知道吗？荣姐，过去我与人交往时，常常是吃一堑长一智，每吃一堑就会给自己套上一层盔甲，把真实的自己包裹起来。而在学拳的过程中，遇到这些人以后，我发现，自己身上的盔甲，居然会在与他们的相处中一点点融化。他们都那么热心，都不怕吃亏。他们情商高到没有算计和技巧，只有热情、真诚和爱！"

"所以我觉得好像这么长时间来，许多最美好的记忆，都在武当学拳的那些并不算长的日子里。我的心境也在变，就像淑萍说的，能看到自己某部分的成长。"荣姐说。

"对，这点我感触也特别深。"我放下泡芙，挺了挺身，好像不这样做不能体现自己对这段话的重视一样。

"我觉得我的身体在一天天改善，而且过去好多根深蒂固的思想也在一点点被推翻，然后就有新的东西长出来。"

"人被放在一个相对简单和单纯的环境中待上一段时间，是不是更能看清自己、看清什么更重要呢？"荣姐举着啃了半边的泡芙开始发问。

"真想在生命中抽出一段时间，好好待在那里学习，看看自己到底还有多少生长、多少可能。"我忍不住感叹。

"那怎么可能！难道把现在稳定的工作辞了吗？今后的生活怎么办？"荣姐刚把这句话说出口，好像又有些怀疑了，"咦，为什么好像我们总有这么多担心呢？"

"对啊，为什么我们遇到的那些人，都能勇敢地遵从内心，去做自己想做的事情呢？他们没有担心吗？"我也好像被弄迷糊了。

荣姐这时好像又有重大发现似的，继续说："你看，淑萍来武当山之前，好多人都告诉她一个人的旅行不安全，但她依然坚持心中的那份向往，坚持来了；结果发现，现实并没有那么糟，而且还满满都是美好的回忆。"

"再说陈先生，六十多岁的年纪，居然选择让生命重新开始，在武当和年轻小伙子们一起学拳半年。更厉害的是，他还计划再学五年中医，实现自己悬壶济世的人生梦想！"

"是啊，还有那位'山与海'老师，海边的小镇青年，就因为对太极拳的热爱，放弃工作，一头扎进大山里，学拳教拳。他不担心将来的生活吗？和他相比，我们难道不是拥有太多太多吗？"我的脑袋里冒出一个又一个疑问。

"我们一直在强调，我们要拥有了什么才能去做什么。可是人到底要拥有多少才足够？我们到底要拥有了什么、拥有了多少，才会去做心中那个想要成为的自己？"

我和荣姐吃了好几个大大的奶油泡芙，也没有把心中的重重疑问填满。倒是这些疑问和这段谈话在我心里一点点发酵。

送走了荣姐，我一边收拾烤箱、碗碟，一边收拾整理着脑子里那一大堆疑问。

我在想，当我们习惯于一种惯性的生活方式时，总觉得自己的这种生活最理直气壮、最不可置疑，直到我们的生命被一种无形的力量置于另一种生命状态面前时，我们才发现："哦，原来生活还可以这样！"

过去，脑子里的那些"害怕"和"不可以"到底来自哪里？它们到底是真实存在，还是我们想象出来的呢？

我在心里对自己说，你不是想调整好身体和内心吗？你不是要寻找生命持续生长的力量吗？可是，看到了吗，你好像已经找到了这样一个方向了啊？

那一瞬间，我像一个在黑暗中长久摸索的人，突然看到一束光那样兴奋起来！

于是，在屋子里，奶油泡芙甜蜜的气氛还没散尽的时刻，我做了一个"生猛"的决定：拿出一年时间，彻底辞职，到武当山学习太极拳。

但那时的我哪里知道：生活中的好多事情就跟感情一样，往往都是因甜蜜而开始，但唯有经历了痛苦，才懂得什么是深刻！

后来的事情果然证明：你所热爱和坚持的，也将是最让你受苦的。

"老天！我哪知道啊？我哪有那么自信又勇敢？"早知如此，我肯定继续选择做过去那个循规蹈矩的乖乖女了——不会有这段热血经历，也不会有这本书。

那时的自己，想想都觉得冲动又搞笑。

但，还是感动了此刻的自己。

一个人上路

生命往往通过失败找到正确的路。

也许，并不是每一次努力都有结果；

也许，下一次努力时这次的努力才有结果；

但，总有一次努力，

会带着希望，一片叶子一片叶子长出来！

一

结束了"零敲碎打"的学拳时光，在做出彻底辞职、上武当山学拳的决定后，我在日记本上写下了几句话送给自己：

努力真的就有希望吗？

好吧，也许他们说的是对的。

但，生命往往通过失败找到正确的路。

也许，并不是每一次努力都有结果；

也许，下一次努力时这次的努力才有结果；

但，总有一次努力，

会带着希望，一片叶子一片叶子长出来！

写这么多励志的话给自己是因为，当时作为一个三十多岁的超龄叛逆"女侠"，虽然一想到要做的事情，还是热血上头，但要说内心真的百分百确定，我连自己都不信。

更何况，出发前我想象着，一切计划都做好了，就等执行；可现实是除了想象还在，一切都在我的计划之外！

现在想想都怀疑：怎么会这么戏剧化？

二

"喂喂……你到了吗？我快到站了！你在哪里？"到达武当山之前，火车要穿过无数个长长的山洞隧道，手机信号刚接通，又断线了。

启程那天已是初冬，武汉晴好，但到站后发现，武当山在下雨。冬天白昼短，到站下午六点半，天已经黑了一大半。我扛着行李出站，看到无数乘客四处找车，内心对自己的崇拜之情真是有如滔滔江水："幸好提前一天预订了接驳车，不然这黑灯瞎火又下雨，还不跟他们一样惨？"

嘴角得意上扬不到两秒钟，我的电话响起："师傅你到了吗？啊，什么什么？打不通电话，你又走了？喂喂……"

什么嘛，说好了的事情也会自行取消。我对着电话大喊，对方已无回音。

我看着满街目光茫然的乘客，心里认栽："果真，还是要和你们一样惨喽！"

怎么办？

车站这么多人，在这里干等也无法等到车。我决定拖着行李先往前走一段路再说。

"说不定还有点希望呢！"

就这样，在初冬傍晚微弱的天光里，我肩扛着比我的小身板还宽厚的背包——并随时警惕不被它从身后把我绊倒，手拖着笨重的行李箱，"龟"速前行。头发被雨水打湿，左一缕右一缕地搭在额头上，样子一定很狼狈。"真是一点也不像一个充满正能量的励志故事的开头呀！"我在心里哀叹，"怎么会这么惨？"同时脑子里忍不住回想起此前发生的一项项计划之外的事——"何止是惨，简直是

那天雨很大 路边的竹叶被雨打得无精打采

全世界都跳出来给我的这次热血之行泼凉水嘛！"

　　那么，分别是哪几盆凉水呢？列举如下：

　　首先，我原本计划是秋高气爽的时候启程。但是，正待出发，我脆弱的颈椎旧病复发，导致半边身体动弹不得，被迫住院半个月。直到出院我都还记得，自己后背扎满了针，像只刺猬的感觉。出院时，医生很负责任地向我宣判："你的颈椎病情不轻，治疗只能缓解，不可根除。年龄增大，病情会更重。"在获得医生的宣判后，我更加坚定决心:"赶快好好锻炼身体,做自己健康的第一责任人;再也不能把照料自己身体的责任和主动权,仅仅放在医院和医生的手中。"

可是对待同样一件事情,我爸妈的反应却恰好相反。他们一口咬定,有病就要看病、吃药、打针、住院,不允许自己瞎折腾。

此外,家人听说我要上武当,曾一度惊恐,问我是否要出家当"道姑"。我只得哀叹,调整好身心是为了更好地拥抱生活,当道姑干吗?两相对峙的结果是,划定期限,到期必须返程。

最后是荣姐,原本打算与我同行,可出发之际,家中临时有事,她上武当的计划无限延期。其实,从开始到武当山学拳,我身边就有很多反对的声音。可是那时,每一步都有荣姐相伴,心中总有一份依赖和安心。可是这一次,真的是,我一个人独自上路。

三

总之,一路磕磕绊绊,最后还磕绊上了一场无人搭理的深山冬雨夜。

天越来越黑，雨越来越冷。我低头看看自己，脑子里突然很搞怪地想到，Beyond 乐队唱过的那段歌词——"在雨中漫步，尝水中的味道"，要是配上我现在这副样子，应该很有感觉吧！我正沉浸在自己设置的凄凉画面里，突然，"唰"一道白光投射到我面前，一辆面包车在我身边来了个急刹车。

"什么情况?"

我还来不及躲闪，有人冲我说："嗨，妹子，上车吧!"

神啦，还好不是打劫。我定睛一看，原来是我曾经包过车的一位司机大姐。

就像我在打油诗里写的："总有一次努力，会带着希望，一片叶子一片叶子长出来!"就这样，我峰回路转地被那位刚好路过的大姐"捡"上了车。

"是去新馆吗?"大姐问我。哦，这时我才想起来，还有一个计划之外的事情，就是以前的武馆升级搬迁，换了新地址。

"是。"我答应了一声。一辆面包车、一场微雨、一条山路，摇摇晃晃地，我终于有着有落地，向着目的地进发了。

后来雨停了

四

　　武馆是个来往频繁的地方，学员和拳师来了又去。这
次来之前，我就得知，陈先生已经去广州学中医了，过去
教过我们的李老师、山与海老师也离开了武馆。站在新馆
的簇新的大门前，我如同面对着城市里旧城区改造的楼

房一样，感觉房屋拆除摧枯拉朽，记忆都没有了缅怀的地方，真是有点恍惚：有些人是不是真的认识过？有些事情是不是真的曾经经历过呢？

这些超现实的感慨还没抒发多久，我突然想到了一个很现实的问题，就是——食堂还能吃到晚饭吗？否则，这莽莽群山、荒郊野外的……

还好，故事的结尾没那么悲惨。那天晚上，我不但赶上了热饭热菜，还在饭堂里惊喜地和莫姐姐、玛莎不期而遇。她们笑着搂着我，把脸贴过来，整个黑夜一下子就温暖了！

要不要开溜？

当你害怕又不可避免地要做一件事情的时候，就索性不理它；放下对结果的执着，像小朋友一样，将自己沉浸在过程中，以玩游戏的心态，对待生活的关卡和挑战。

一

真的，在我看来，莫姐姐就像哆啦A梦一样，满满是爱。而且，她的神奇口袋里"办法总比问题多"！

你感冒了，她会拿出止咳药送到你手上；天冷了，她会抽出"暖暖贴"，贴在你背上；我颈椎不好，她居然会马上拿个用毛巾自制的枕头说："来，睡这个好！"

有时候我真觉得她不是来练功的，而是来人间播撒善缘时恰巧路过武馆，与我们相遇。

这次在武馆遇到莫姐姐，她又带来了一样"镇馆法宝"。

"Come on, go to her room! （来，去她的房间！）"刚到武馆没两天，玛莎就像带我去看仙家宝贝的小仙童一样，兴奋又神秘地带我去莫姐姐房间。

一进屋，玛莎就撩衣上床卧倒。

"哎哎，这是干什么呀？"

这时莫姐姐捧着个纸盒子，笑意盈盈地走过来。

本来乖乖趴在床上的玛莎这时翘起半边身体，激动地举起食指猛戳那个盒子，用刚学的几句汉语说："这个真的很厉害！"

"什么宝贝?"我低头往盒子里看。哦，原来是一套真空抽气拔罐。跟拔火罐的原理差不多，只是没那么烟熏火燎。

我心说，这个"歪果女生"真是太大惊小怪了，在中国，我小时候就用过这个呀。

可是，正是这样一个没让我大惊小怪的"小神器"，可谓是被莫姐姐用到极致了，武馆只要有哪位同学腰酸背痛了，她都会捧着那个拔罐的盒子出现。

当然了，对这盒宝贝使用率最高的，就是我们仨儿了。隔三岔五地，我们就凑在一起，拔刀相助——哦，更确切地说是，拔"罐"相助。而且这次莫姐姐不仅是帮我们治疗，连她自己也加入了"被救治"的行列。

"怎么回事？医生也被放倒了？"

原因是，我说话绕了这么一个大圈儿，除了赞叹莫姐姐的大爱精神以外，还想说的是武馆不但硬件升级了，而且训练内容也升级进阶了。

可怕！要不我怎么会说："除了想象还在，一切都在我的计划之外呢。"

二

坦白地说，来之前，我对未知的将来有焦虑，也为家人的反对感到不安；但是，对于训练上课这码事儿，还是蛮期待的。本来嘛！学拳是自己喜欢的事、自己的选择，训练再辛苦，心里也是高兴的。另外，毕竟过去"零敲碎打"地上武当学过好几次，课堂上那些内容起码看了个眼熟，没什么害怕的。所以，第一天上课，看到一位老师俯地旋转360度，做了个干净利落的扫堂腿，我还站在一边，拍手看热闹叫好呢，好像这事跟我没关系一样。

可是真正上课时，我就傻眼了！

首先，过去那几位熟悉的老师早已离开。取而代之的，是一位往那儿一站就像在练桩功的、筋骨劲力的——师叔。

想象一下吧，武侠功夫片里的师叔，大概都是这副模样。他表情严肃，满脸写的都是："少废话，好好练功！"

那么，每天在这位师叔刀锋般的目光下，我们要做的练习是什么呢？

"武当三十六路腿法！"对，没错，还是腿法。

这个刚上武当时不是练过吗？有什么傻眼的？可是升级进阶了呀！过去我学的都是短期养生班，每天踢腿也就是站在原地，左边踢、右边踢。尽管那样，当时我和荣姐还踢得连滚带爬呢。

可是现在呢，一个比足球场还大的练功场，我们被要求从长方形的一条边，踢到长方形的另一条边。

我站在原地踢，都东倒西歪，现在还要边走边踢。说真的，我每踢一脚，内心都在祈祷：千万不能摔倒呀！就算摔倒，也别摔得太丢人！

可是师叔说了，这个很重要，原地踢，练的是动作的标准和稳定；走着踢，练的是核心的稳定和身体的协调。

对啊，说得有道理，那就好好练习走着踢吧。

"不，哪有那么容易进阶通关？"除了走着踢，还要练习组合踢，要求把几个复杂腿法连接起来踢，比如一个扫堂腿起身再接个旋风腿。专业术语，听起来有点晕吗？好，说简单通俗点吧，就是先俯身在地360度扫个腿，再火烧火燎爬起身，在空中360度旋转摆腿。

这下我真的崩溃了。我双眼呆滞地注视着师叔示范完一连串的动作，整个人的情绪跟一块千层饼一样，一层一层剥开：开始是专注，接着是困惑，再到迷茫、强撑，最后居然是无助地仰天长啸。

"哈哈哈……"真没想到，人在绝望的顶点是会笑岔气的。我笑倒在地，心想：老天，这——这——真的做不到呀！

三

笑归笑，但我独自一人回到宿舍，关上房门的时候，只觉得全世界所有的寒冷都如潮水一般汹涌而来。"怎么办？这不是努力不努力的事情，好像根本就没希望了。"

每个身心疲惫的夜晚，我都会问自己："要不要开溜？

逃跑算了！"

可是，另一个声音又会跳出来说："这不是你自己的选择吗？总不能才来两天，就卷铺盖回家吧？"

有时候我真怀疑："老天是不是故意在和我开玩笑？"自己选择的东西，真正一头扎进来，怎么连最入门的基本功都练不好了？

如果荣姐在就好了，起码我们俩说说笑笑，害怕就赶跑了；如果过去那些熟悉的老师还在就好了，可以问问他们有什么攻克难关的心法。可是荣姐不能陪我练拳了，熟悉的老师们也都不在武馆了。

只有我一个人，真是越想越沮丧。

也是在这样一个沮丧的夜晚，我又一次问自己"怎么办"的时候，突然间灵光一闪，咦，以前的老师不是说过吗？"当你害怕做一件事情的时候，那就索性不理它，放下对结果的执着，像小朋友一样，只管埋头练习就好！"对啊，我又联想到小小朵做什么事都精力饱满、上蹿下跳的样子——"她怎么不知道疲惫，不知道害怕呢？"原因不就是小孩子可以做到思无邪、纯真无染吗？所以他们随时都可以投入和沉浸到自己的世界中。

四

"好，把困难和挑战当作一场游戏吧，放下对结果的执着，以快乐的心态去对待生活中的一切挑战！"

这是我在那一天的日记本上写下的文字。那时的我，其实还没有把握，怀抱着这样一颗像小朋友一样的玩乐之心，会不会真的能帮我涉险通关。但有一点我很确定——

"要不要开溜？当然不要！"

"要不要逃跑？当然不跑！"

我决定了，要留下来——好好玩。我要像拥有神奇口袋的哆啦A梦一样，"只要思想不滑坡，办法总比问题多"！

那首歌怎么唱的？"如果我有仙女棒，变大变小变漂亮。"

嘿嘿，加油哟！

武馆那只好人缘的狗

有时很警醒，左突右奔，据理力争，只为守护心中的一盏灯；有时又很疲惫，恨不能随生活的自然之流，逐波而行，也好。

一

武馆搬迁到了新的位置，一切都是崭新而陌生的，但有一只叫阿黄的狗，是从老武馆带过来的。馆长说，当初，阿黄还倔强着不愿离开呢，是被牵着绳子硬拽过来的。

它是不是也怀念过去的老武馆呢？那里有参天的水杉树，一排青砖瓦房就是校舍。天晴时，屋檐上有脚步细碎的矮脚鸟，还有武术班学员晾晒的泛黄的练功鞋。每天吃过早饭，去附近的一处老道观练功，厚重的木门"吱呀"一声被推开，跨过高高的木质门槛，好像一脚踏进了另一个时空。经过时光的沉淀，那座明朝时保存至今的道观，也许不会带给在那里练功的人太多的欣喜与兴奋，却能让一颗心，平添几分一切皆可经受的静定和从容。那时候，和学员们一起去练功的，还有阿黄。

上课了，大家在老师的带领下练习基本功，除了雀儿在青瓦飞檐上跳跃、啾鸣，四下里，唯有太极拳的静气像水纹一样荡开。每当这个时候，阿黄就会在队列中找块空地，蜷起身子，窝下头，睡觉，圆鼓鼓的肚子一上一下地起伏。不知在梦中，它是否也是这样，在山中凝神聚气、习练太极拳？

二

不过现在武馆搬迁了，学员和老师也来来往往，只有阿黄没改当初的旧模样，仍然在学员们的手挥身移中，找块空地，睡大觉。

全武馆仅有这一只"活宝"，所以，想知道它的人缘有多好吗？到饭堂看看吧。一到吃饭的点，饭堂里从四面八方此起彼伏地传来呼唤阿黄的声音："黄！""阿黄！""Come on baby!""Hello!"学员们来自全球各地，阿黄也好像精通

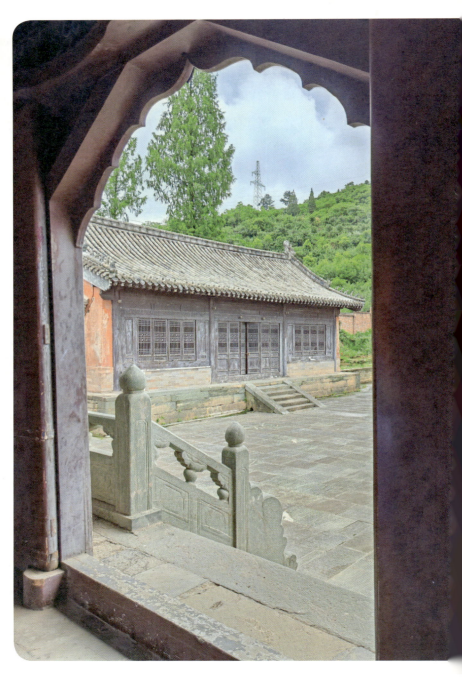

多国语言一样。伴随着每一声呼唤，学员们碗里肥的、瘦的、肥瘦相间的肉花就会在空中画出美丽的弧线，来到阿黄的眼前。

我是个从小就怕小动物的人，又怕猫又怕狗。一方面，因为我妈嫌麻烦，从小不让我养小动物；另一方面，我自己觉得小动物温顺的时候很可爱，可是一旦发狂怎么办？又不能像对人一样可以跟它讲道理（当然，是人也不一定都能讲通道理）。

所以，对于小动物，我要不就是隔着笼子和玻璃观赏，要不就是避而远之。当阿黄转到我附近的时候，我总是故作没看见，低头垂目；但它会拿它的大眼睛看着我，或是贴到我脚边磨蹭，真不知道这是它博得好人缘的一贯方法呢，还是它能看穿我内心的胆怯。总之，碰到这种情况，我再也不能故作镇静，只能匆忙端起碗碟，离开饭堂，四处躲避。

有时，躲也躲不开，还会陌路惊魂。比如中午时段是一天中最宽裕的一大片空白期。我喜欢在这段空白里，一个人去青山环抱的练功场练功，用身体感受早课上用脑子记住的那些动作。当我刚爬上一个山坡，一个身影纵身而起向我跳过来时，我被吓得魂飞魄散，拔腿就跑。可那身影却又蹿到我脚边跟随。我定睛一看，原来，是阿黄。

有时，躲也躲不开，还会狭路相逢。比如我一个人走在通往宿舍的楼道里，阿黄会横卧在青砖地面上，像地平线上一只骄傲的雄狮。而我房间的门就在它身后一米处。

害怕的时候我会问自己："为什么自己总是只能隔着玻璃和笼子才敢看那些小动物呢？为什么心里的很多障碍总是克服不了？"

三

在心里问自己的话还有很多。问自己的时候，有时刚好是夜晚，暗沉的天幕上居然能看到游走的云——原来，黑夜不是只有黑。那暗夜里游走的云，是不是很像一个人心腹深处幽微的心事？尽管那一切寂静无声。

同样在一个有云在天空游走的夜晚。一轮明月穿行云间，偌大的练功场在月色下像一顷清幽的湖面。武馆的年轻教练，一把长剑舞得曳曳生风，身姿腾挪拧转，轻盈自如。我一个人在汉白玉栏杆上压腿，俯瞰着月光下的一切，突然怀疑起自己的选择来。过去的自己，为人妻、为人母、为人儿女，兢兢业业地担当着所有生活的角色，蓦然间却发现，从未担当过自己。可是当真不顾一切，努力追寻自己的时候，心中为什么还是有那么多挣扎和焦虑？作为一个五岁孩子的母亲，我真的还有资格在人生中抽离出一段时间来完善自己吗？

想了很多，一切都纠结不清，找不到答案。也不知多久，只知抬头时，看到月亮在浓云里隐了又现，最后被云层淹没。我低头挪步，想要离开，不承想一个身影随之闪动。是阿黄。原来它一直蹲在我的脚边，我挪步，它也起身。那样的一个夜晚，我心中长久以来对小动物的恐惧突然一下就消解了。那一刻，从阿黄瘦瘦窄窄的身体里，我感受到的不再是恐惧，而是深深的温暖。心热得几乎落泪。

四

此后我就不那么惧怕阿黄了。每周的休息日，同学们都相约着到镇上买东西，武馆比平时更加清静。我去练功，阿黄会跟着我上山，每次我都对它说："我练拳，你睡觉。"阿黄好像真的能听懂一样，当真在不远处，乖乖躺下，拉长身体，在太阳下睡觉。

一位曾在老馆练功的学员对我说过，有些夜里，和武馆里的小狗在山林间散步，归来时，武馆大门已锁，就托着小狗的屁股，一起翻墙越院；那时会觉得，有时候，动物比人还值得信赖。现在想想这话，方知道，其中，人是有多寂寞，狗是有多寂寞。

又想想当时的自己，在追寻自己的路上，又有多寂寞，又有多矛盾。有时很警醒，左突右奔，据理力争，只为守护心中的一盏灯；有时又很疲惫，恨不能随生活自然之流，逐波而行，也好。

不过幸好发生这一切时，有一只叫阿黄的狗，安静地陪伴在我身边。

安静得，连我都差点，没能发觉它的存在……

相顾无相识

> 一个人的路，很长；一个人时的感官是敏锐
> 的，连自己的长影子都觉得它挺孤单。心真是矛
> 盾，在都市，想逃；一个人清静，也想逃。

一

我人生中唯一一张后脑勺集体照拍摄于武当山，现在
看着照片，仿佛还能听到，当时的山谷里是有多热闹。

可是现在想想，这条习拳路上，最初的孤独感应该就
是：原本以为很多人热血上路的行程，走着走着，有一天
突然发现，怎么只剩下了一个人！

周四武馆休息，我一个人去老武馆所在的旧址。

初上武当山的那条国道上，重型卡车依旧"轰隆隆"
地咆哮而过，人被裹挟在车后的尘埃中，也和尘埃一样，
成了飘浮的一小粒。躲躲闪闪地走过这段路，看到一块黑

底白字的武馆标牌，就可以右拐了。

　　一路顺山势而上，首先看到的是曾作为练功场的元和观。相传明清时期，违犯清规的武当道士会在此地静心思过或接受惩戒。当时还在想，《笑傲江湖》里令狐冲在受惩戒的思过崖，独自练功，领悟武功的精髓。那么，那些曾在此地受罚的武当弟子中，是否也有人在这与世隔绝的监禁里，意外获得了生命中片刻的孤独和宁静，得以和自己对话、与天地互通往来呢？

　　这些想象，终究随滔滔的日月流向沉黑的历史，无从得知真实的答案。那时武馆大部分教学已转至新馆，只剩少年武术班的学员在此学拳。还有夕阳下，蔓草横生……

二

人、事、物、境的往来聚散，原是人生的本来面貌，可是每来一次就少去一些熟悉的面孔，又浸在这夕阳蔓草之中，仅凭一个人的力量真的很难泰然担荷。于是我转身挪步，向武馆的接待室走去。那里曾经有像接待办主任的教务老师，张口"武当仙山"，闭口"无为有道"，说的内容离我们很远，但他大而亮的眼睛、永远缓慢的语调总让人感到亲切。

当真一脚迈进接待室，一方茶几、一面书架、几张桌椅，室内的陈设依旧。可是电脑桌上，那面又大又薄又平的电脑屏幕后面，却不再是"接待办主任"，而换作一个二十出头、扎着马尾的大姑娘。我惊愕地看着她，她恍惚地看着我。但毕竟接待是她的工作，大约一秒钟后，她向我微笑，一边熟练地说"你好"，一边拿眼光询问我的来意。我只得费力地解释了一番。然后她给我倒了一杯滚烫的水，我放在嘴边，几次尖嘴试探，都没法喝上一口。我自己拿着杯子，在饮水机前加凉水，像过去每次练完功到这里熟练地接水一样。但刚接完，那姑娘忙好心提醒："那里的水很久没换了，喝不得！"然后，我端着那杯子不知所

措。然后我发现，在这间屋子里很难再找到"然后"，就放下杯子，跟那姑娘说："我到后山去走走。"

三

上一次去后山，是一天晚饭后。我和荣姐，还有两三个来自湖南、山东、台湾的同学，夕阳照得每个人的脸都红通通的。

湖南那位同学，散步还不忘手拎一个不锈钢保温杯，时不时得意地抿上一口，不像走在山林里，而像在会议室里等待发言。

山东那位，一看就是北方汉子，一米八几的大个头，但头发不多，索性剃了板寸，练功时爱在脑门上系个发箍。我们开玩笑，让他在发箍上血书："拼老命了！"

台湾这位姐姐就是淑萍喽，外表文弱、内心坚强，一个人来旅行，随心而动、随性而停，让人羡慕又佩服。

至于我和荣姐，在那次后山散步之行中，一胖一瘦，一短发一披肩，都穿着镇上新做好的白麻练功服。我俩走到山腰合影，我看着照片，大呼要减肥，否则同样的衣服穿在荣姐身上像黄蓉，穿在我身上像少林寺的火头僧。大家一时笑倒。

我们一路山行，看到两山簇夹间的一潭静水，墨绿如碧，是那两山倒映出的影子吗？在黄昏的最后一缕微光下，我们再次燃烧起合影留念的激情，而且决心"不走寻常路"。集体背朝镜头、手指前方，"咔嚓"快门按下，于是拥有了文章开头说到的那张，虽然不一定绝后，但一定是空前的——后脑勺集体照。

下山时，我们一路啸歌。天色幽暗，暮色四合，路越走越黑，山谷间却突然传来阵阵箫声，音阶顿挫，是初学者的摸索和试探。曲调不流熟、不明晰，却自有一脉能让人静定下来的力量。就像那暗夜里，深沉呼吸的群山……

四

得说明一下，以上这一大段都是上一次爬武馆后山的记忆。这一次，大不一样了。只有我一个人。幸好时间比上次早，阳光比上次多，我才有耐心和勇气狠狠走了长长一段山路。

怎么那么长呢？上次感觉没走多久就看到那绿潭了呀，这次却狠走走不到，狠找找不着。幸好偶尔有几簇细碎的野花沿途轻声招唤，才不至于那么孤单。天色也暗下来，群山空寂，除了山底的水流，只有鸟雀的啾鸣在山涧中荡漾……

想起出门时，我对一个朋友说："我就喜欢山里的清静。"他答："几天可以，一年试试？"我把这问题又扪心问了自己几遍，一时还真没法找到镇得住自己的答案。

下山的路上，我看到一片漆绿的大葱也兴奋，看到一畦挨挨挤挤、晒在夕阳中的翠生菜也拍照，觉得是点烟火

气。看到大片的菜地，一个胖胖的大婶长久地弯着腰，正在掐小白菜；看到几户农舍，不规则、不洁净，高低错落着，但已起了炊烟；看到自己的影子，被深深倾斜的阳光一半投射在农舍的砖墙上，一半投射在弯曲的山路上，影子那么长，从来没见过自己的影子这么长！

这篇文字完稿后，我通过电子邮件发给淑萍。后来收到淑萍的回信，她说："一个人的路，很长；一个人时的感官是敏锐的，连自己的长影子都觉得它挺孤单。想想，心真是矛盾，在都市，想逃；一个人清静，也想逃。"

第
五
章

山居岁月

　　觉察的力量到底是什么？无论是作用于身体的太极拳法，还是行走在山里，静观一棵树、一朵花、一片云，都是帮助我们的身心重新生起感知能力的训练。

　　觉察自己的身体，看见自己过往的生活习性；

　　觉察自己的念头，看见自己的情绪和行为；

　　觉察自己的内心，看见情绪和行为背后的原因。

　　对自己清清楚楚、念念分明，生命才有流动的可能，行动才会更加清晰而有力量。

一直在下雨

首次开启"不良记录模式"

真正的自律，到底是亦步亦趋地跟随他人的步调行事，还是找到自己的目标，笃行自己的韵律和节奏，一路前行呢？

一

这次去武当，到达的第一天就在下雨，持续了近一周，也不见老天换个脸色。起初我发愁的是，每天汗湿三套衣服，可是下雨，三天又不见一套衣服干透，照这样的换衣频率，马上就无衣可穿了。

后来天晴了，我更愁了，愁得恨不得焚香祭拜求雨！为什么？师叔说了，不下雨了，晚课在室外练功。

"数九寒天，呵气成霜啊，师叔！"我在心中哀叹。

稍稍"剧透"一下我们晚课的训练项目吧：腿法练习，

正踢、侧踢、弹腿踢、走着踢、蹦着踢，各种踢；上肢力量练习，平板撑、俯卧撑，各种撑；腿部力量练习，深蹲五十个。（这都不值一提，据武馆老师说，他们日常练习都是一百个打底。）

大冬天的晚上，做这样的练习有何感受呢？

很奇怪的感受。刚走进练功场的时候，五脏六腑是热的，头、脸、四肢、皮肤是凉的；但训练结束，一切又都倒过来了，外面热得冒汗，里面又透心凉。回到屋里开暖气，肚子和胃里还是像结了根冰柱子一样。有一天晚上，更是噩梦，师叔居然兴致大好地提出：今天来个百米追逐赛吧，两人一组，落败一方罚做深蹲三十个！

"我、我、我……"我吓得倒退三尺，恨不得有个地缝躲起来。可是看看周围的同学，一个个跃跃欲试，就连比我年长的莫姐姐也毫无退却的意思，只好硬着头皮上。可我那个身体状况，当然场场落败。我一边受罚做深蹲，一边觉得羞愧难当。从小到大，被要求"努力争先"；自己又是乖乖女，处处不甘落后，何曾有过这样的不良记录呀？真够丢脸的。那个夜晚，随着每一次起蹲，我在心中暗下决心："一定要在课堂上更努力，赶上大部队的节奏。"

刚好，那段时间，我在看有关中医养生的书，其中有一段谈到"冬藏"。作者说，冬天有人晨跑，他都会用同情的眼光看着他们。看到这一段，我差点笑喷，心想："要是看到我们晚上练功的样子，还不得飙泪！"

就在这哭笑不得的瞬间，我脑子里突然飘过一个念头："以我现在的身体状况，一切向大多数看齐，会不会有问题？"但很快，一个自律的声音又跳出来，义正词严地对自己说："碰到点苦头就退缩，不就是逃避吗？"反正这么颠来倒去，一时还理不出个头绪来。

就这样，我每天从早到晚一步不落地跟随着大家的节奏，连滚带爬地训练，稍有懈怠，就会深深地自责和愧疚。

可是结果呢？并不是种瓜得瓜、种豆得豆。相反，身体越来越以疼痛来抵抗。

问题到底出在哪里呢？

二

每周武馆放假的那一天，我都如蒙大赦。恰好同学们相邀聚会吃饭，好啊，可以向他们取取经。我满怀期待地和他们坐在一起，却没想到，一位老学员说他要离开。而且他还反复抱怨，每天的训练把人弄得筋疲力尽，身体根本吃不消。

"啊，原来你们也觉得累啊！"这是我没想到的。

他提出了好多心中的不满。我忍不住问："你可以向老师说明啊，为什么要离开呢？"

"老师为什么不能发现问题？"他愤怒地说。

我反问："别人怎么会知道你自己身体的感受呢？"

那位同学更加气愤地说："这些问题难道需要我来思考吗？"

一顿饭到底吃了什么，我实在记不清。但是我清楚地记得，在回武馆的路上，我满肚子都是气，对自己说："这样的吐槽大会以后才不要参加呢！"可是再往前走两步，我又很好笑地发现，"这场让我心烦意乱的谈话，怎么也很像我和我自己内心的一场对话呢？"

我不就是这样吗？按部就班地训练，然后把改变的责任完全推在别人的身上。每天忙忙碌碌地追赶着大多数人的节奏，亦步亦趋，不敢掉队；结果每天的训练变成了敷衍地完成任务；更可怕的是，每天都在敷衍的不是别人，而是自己！

再看看我过往的人生吧：天哪，惊人地雷同。

我好像一直都在期盼，人生路上能遇到良师、良友、良医来拯救自己，可是，谁都只是我们生命里的过客。那个能陪你走过最长最久路的人不就是自己吗？我们难道不应该把更多改变的主动权放在自己的肩上吗？

在忽略自己、跟随他人的节奏中，我好像一直都在盲目肯定自己的"努力"和"自律"。可是生命各有不同，真正的自律，到底是亦步亦趋地跟随别人的脚步行事，还是找到自己的目标，笃行自己的节奏，一路前行呢？

真是神奇，思想一转过弯来，整个人就放松下来了。此后的训练中，我开始根据自己的身体状况，调整自己的训练幅度：跑不动、跳不动，我就会让自己先从慢跑、轻跳开始；连贯动作做不好了，我就把一大段动作"大卸八块"，分别把每一块吃干榨净了再说；如果集体训练超越了我身体的承受能力，我就会让自己休息片刻再练也不迟。别人用异样的眼光看我，我也不再自责愧疚，而是在心里偷笑说："别急，好戏在后头呢!"

或许是对我彻底失望了吧，也有可能是看到我一直在莫名其妙地进步吧，师叔对我这个超龄问题女生也就懒得多管，任我野蛮生长了。

三

后来我更离谱了。有一天上午训练太累，我居然放松过头，下午睡过了，迟到半小时。"劣迹斑斑"的训练之路再添"污点记录"。师叔忍无可忍地罚我做蛙跳。开始我还不好意思，后来发现，原来不被人抱期望，也有种偷得浮生半日闲的轻松呢！而且就在这段"埋头思过"的时间里，我还做了个更离谱、更过分的决定——以后在冬季，每天的晚课，给自己放个假吧！

"每个人的身体状况不同，好好休息，才能好好训练。"我心里异常地笃定。

当我向师叔告假时，他用刀锋般的目光看着我，问："为什么？"

"因为我身体不好，跟不上你们的节奏。"师叔瞪着我，虽然没说话，但我怀疑，这次会不会真的把他气到。我在心里说："师叔，我一定是您教过最不守规矩的学生吧。但你相信吗？我要做的，是那个最不轻慢训练、最不敷衍训练的学生。"

迟到，早退，训练内容自行其是。就这样，我的人生当中，首次开启了"不良记录模式"。我想，过去那个无论在求学、工作还是生活中都循规蹈矩的乖乖女，如果有幸遇到此刻这位超龄"问题女生"，一定会"啊"的一声惊掉下巴。

　　但是，正是这场首次开启的人生新模式，让我开始学会，尊重自身的感受，接受自我的生命局限，放下那份和他人保持亦步亦趋的执念；也开始学会，不那么在意外界投来的眼光，一点点与自己的身心，友善对话。

一封写给身体的信

我们在爱里面辜负爱，是不知不觉的。比如我们和我们的身体。感谢"疾病君"，让我觉察到她的存在。很幸运，生命中有一段独自习拳的时光，让我学会与她相处、与她对话。

重要的是，经由她，我才了解——什么是爱！

一

没错，亲爱的，这是一封写给你的信。

我知道，你一定又要笑我了：干吗把事情弄得这么麻烦？你就在这里啊，这么近，还写什么信？但笑过后，你还是会不声不响地，什么都迁就我。

这两天看到一幅漫画，两个人在雨中拌嘴吵架，可男主角一边背着身，还一边绕过手来，为另一半撑起挡雨的伞。

是不是很像你？即使对我的很多行为不以为然，即使有抱怨、有不满，但还是会忍不住，处处为我着想。

直到现在，我才知道，这何止是"忍不住"三个字这么简单！这是，多么深的爱啊……

可是呢，正是因为这份爱一直在那里，在那里，像一块固体一样，坚固、充实地一直存在着、从未抽离过、从未失去过，以致我都意识不到它的存在，更不知要去珍惜。所以当你片刻离开的时刻，我才惊恐地发现，自己有个地方空下来了，只剩飕飕的风……

看见你躺在医院里，才知道你不是三头六臂，才知道你不是武功盖世的英雄；你也会累，也会病，也会无能为力。只是在我面前，你总是觉得，自己应该是那个没有权利倒下、什么事都帮我来扛、随时都要站出来帮我挡刀挡枪的那个人。

二

记得吗？应该是去年冬天，我的颈椎病又发作，痛得不能入眠，经过近半个月的治疗才有所好转，难得无间断地饱饱地睡了一觉。醒来写下日记，本想写"战胜"身体的病痛，突然间一闪念，像是神的恩赐，我对自己说，怎么能用"战胜"这个词呢？我和你——自己这副肉身之间何曾是宿敌？你所有的病痛，难道不是因为过去的我遗忘了你、太少去关心你，我的过错和疏漏，让你成为这样，我为何还嫌弃你？

想想看，这一生，恐怕只有你，愿意忍受我的臭脾气，不离又不弃。

过去的自己总是爱恨强烈，爱了恨了就拿你出气，却没有发现，我们往往把最坏的脾气给了最爱自己的人。同样的戏码也在我和你这副肉身之间上演。

过去的自己总是快意杯盘，以为口味重、够刺激才是痛快淋漓。现在想想，感官上是有多麻木，才会在口味上寻求那么多刺激？

过去的自己总是不服输，可是，为了那些超越自己节奏的进取之心，最终受罪的还是你。

过去的自己以为，毫无顾忌地沉溺才是真正活过。其实，那真的不是。心不在焉，怎知什么是活过？没觉察过自己，又怎知去体谅和担待一切？

现在我已逐渐明白：原来，我对待你这副肉身的态度，就是我对待整个世界的态度。

三

我曾经那么在意别人对你的看法，当别人肯定你时，我也会回头对你刮目相看，锦上添花地赞美你；而当别人指责你时，也会随声附和地嫌弃你。让你生了那么多闷气，你怎么会不难受？身心有那么多郁结，你怎么健康得起来？

为什么从没想到，要用自己的眼睛去发现你、了解你、倾听你、相信你呢？

更别说，在你自负过头时提醒你刹车的时候；更别说，在全世界都转身离你而去的时候，对你说："没事的，我永远挺你！"

可是，这才是真正陪伴啊，这才是真正的爱啊！

而我呢，却愚蠢地认为：你受苦了，疲惫了，只要想起来给你好吃的、好玩儿的就是安慰你；你撑不住了，生病了，只要把你交给医生就是善待你。

如今我才发现，学会与肉身相处的过程，也是慢慢开始学会爱的过程。爱不是忽略，也不是沉溺；爱不是零星、偶尔的补偿和赠予。

爱是——智慧、耐心和日复一日的温柔陪伴，是相互涵养、共同生长。

怎样深的一份缘，让我们，在一起，今生今世都不分离。经由你，使得我向这个世界四面展开。

有什么理由，不去珍惜？

有几句话很能代表我此刻的心情，我慎重地写下来，写给你，也写给所有我爱并爱着我的人：

对不起，我很久都没有关注你；

请原谅，我以后会好好陪伴你；

谢谢你，对我不离不弃；

我爱你，因为你本来就值得被爱！

拜托！我们可不想再遇到一只"stupid"羊

人总以为自己的大脑很聪明，总以为可以用它来判断、选择未来的路。但其实，我们永远都无法猜到明天会发生什么。我们能做的可能只是"不怕"！

一

真是让人难以置信！

这一刻，我居然是双手趴在一面荆棘丛生、几乎与地面垂直距离2米高的山岩上，在我脚下，是一把左摇右晃的木梯，木梯下面是两张干瞪着眼、张大了嘴的脸。两人手扶着木梯，左边是玛莎，右边是一位山里的大婶。在我头顶约1.5米的地方，一只可怜的山羊被脖颈上长长的挂绳绊在了树杈上，急得叫声连天。

武当玉虚宫 绵延的围墙外有一大片菜地

天哪，怎么会突然切换到如此兵荒马乱的情景模式？

"太离谱了吧！"

就在刚才，我和玛莎还在闲云野鹤地享受我们的山行时光。难得的休息日，吃过午饭，我俩决定沿着武当玉虚宫背后的山路，去寻找山谷里的居民。开始，真的如我们想象中一样惬意。

穿过人影和车影绰约的街道，沿着玉虚宫外斑驳高耸的围墙一路山行，市声人声被一点点抛在身后。站在稍高的山坡上，玉虚宫宏大的宫宇尽在眼底，讲不完的前朝旧

事。与此景一路之隔，一畦挨着一畦，是好大一片菜园子。丝瓜、黄瓜、苦瓜，各种瓜挂在绿油油的藤蔓上；身形富态的大妈从地里掐下脆生菜，一棵一棵，耐心地码进菜筐里。"这么新鲜，担到市集上，谁能买到，就算有口福了!"我说。

前世的传奇和现世的人间烟火，居然可以如此和谐地在一起。我和玛莎在这恍若不可能的可能中，一路缓步而行。接着我们路过一大片松树林。玛莎看着它们，对我说，在她的家乡俄罗斯，有大片粗壮的松树林。

"我最喜欢松树了。"她说。

我问:"为什么?"

她看着松树笔直的树干,说:"我想,如果树木也有心,松树一定有一颗最简单、最直白、最坚忍的心。"

我俩就这样边走边聊,到此为止,一切都还算正常。可我们沿山路拐了两个弯,耳边就传来了山羊急切的叫声。我和玛莎循声四望,然后就在高高的岩壁上看到了那只被挂在树杈上的可怜的山羊。岩壁下面,一位大婶仰着头,一脸的焦急和无助。

接着,我们两个——自认为练了几天拳脚功夫的"中年女侠",就热血上头,决定拔刀相助了。当然,首先不是拔刀,而是让大婶给我们找架梯子来。不久"梯子驾到",就出现了故事开头那一幕喽!

"为什么是我呢?"我是说,为什么是我先爬上梯子搭救那只羊呢? 当然了,大婶年纪大,看起来走路都高一脚低一脚。剩下我和玛莎——"谁上?"目测当时体重五十公斤的我看起来更加轻盈矫健,再加上平时拉筋踢脚什么的,此刻正是施展拳脚的时候了,于是我畅想着功夫片里大侠飞身上墙的样子,自信满满地就上了木梯。

可是,没想到啊,没想到……从下往上看,和你亲身贴着岩壁从上往下看的感觉，完全不一样。

"刚才看起来真的没这么陡啊！现在，怎么这么高？万一摔下去怎么办？你做不到，你做不到的呀！"

心里这么说着，手脚都僵住了。于是骑在梯子上，啥也没做，我就缴械投降了。

那只可怜的山羊本以为要得救了，一时停止了咩叫，后来看到我退缩的样子，更加慌张地乱叫起来；四蹄还在岩壁上磨蹭，一堆小石块纷纷下落。

二

玛莎急了，对我喊："我来，我来！"我像得救了一样，战战兢兢地从梯子上下来。玛莎"噌噌噌"就爬了上去。她一手扶着木梯，一手尽力地去够那条挂在羊脖子后又绕在树杈上的绳子。挂绳离她还有半米，看她吃力的样子，我不停地对她喊："太远了，不可能的！"

这时，不少山行的游客从这里路过，也聚拢来，东一嘴西一嘴地说："够不着，白费工夫，不可能的！"

可玛莎对这一切，好像可以完全免疫，一副你说你的、我做我的样子。她用力折断山崖上的一根树枝，斜着身子继续够那根牵绳，由于用力过猛，木梯连连晃动。我一边抵死扶住梯子一边惊吓得大叫："不行的，危险，快下来!"

但玛莎只是用英文不停地喊着："Come on，come on!"终于，在她的努力下，树枝钩住了那条致命的绳子。可就在此时，那只羊却在情急之下绕着那根树杈又转了两圈，把自己缠得更紧，如同打了死结。玛莎着急得一边连连喊"stupid"，一边被我催促着从木梯上爬下来。

我们对大婶表示遗憾。走回山路，玛莎依然念念不忘地回头，我则不停地说："不可能的，玛莎，我们做不到的。"可她还是一步一回头。

"Come on!"当我们走到百米开外的样子，她突然又折返了回去。原来，那位大婶找来了一把更长的镐头，玛莎此时又来了劲头。我陪着她冲回去，她又飞身爬上木梯，手持镐头，猛砍牵绳。

时间一点一点过去，她就一直那么心无旁骛地一镐一镐砍下去，好像世界上的一切都不存在了，只剩下她和这一件正在做着的事情。最终，纠缠在树上的绳子被砍断了，那只可怜的山羊得救了!

大婶感激地握着我的手谢了又谢。

"咦，玛莎呢?"我一转身才发现，此刻咱们真正的功

我心中真正的功夫女侠

夫女侠玛莎正忙着呢，忙着瞬间变成小屁孩一枚，摆出各种 pose，和那只得救的山羊拍照。

"我要让我的朋友们都看看这只 stupid goat！"她说。

三

真意外！那一刻，面对纯真如山谷清溪一般的玛莎，我突然觉得从未有过的尴尬和无地自容。

因为我发现，在这整个过程中，自己好像说得最多的三个字就是"不可能";而玛莎始终在说的,只是一个英文词组"come on"。

"这真的只是两个不同的口头语这么简单吗?"我在心里自问。

我忍不住问玛莎:"刚才在山崖上,你不害怕吗?"她很不解地反问我:"怎么会害怕呢?你不觉得我们在做一件很有趣的事情吗?所以我只是完全 enjoy it。"

听到这一切,我的心好像突然被推到了真正的悬崖边,动荡不已!

有时候我们暂时跳脱开原有的生活场景、面对另一种全然不同的生命状态时,它们会像一面镜子,让我们照见自己。

原来,我所有的焦虑和停步不前,好像都因为一个"怕"字。而这个怕,何止体现在这山路上的一次意外中;在过往无数个生活的日常里,这个"怕"字好像一直如影随形。生命中的那些年,在每一次的选择和决定中,我好像从未停止过"惧怕"这回事:因为惧怕得不到认可,我好像总在试图迎合他人;因为惧怕与他人不同,我习惯于用别人的标准来评判本该属于自己的生活;因为惧怕失败,我习惯把不同于大多人的道路,叫作不可能;为了避免假设中的不可能，我甚至会放弃无数个开始，在还没做出真正的努力时，就为自己选择一条貌似安全的退路。而且，可怕的是，这一切的发生往往浑然不觉！

可是玛莎不是。她相信自己的选择，忠实于自己的生活。和她相处的日子，我得知她在俄罗斯长大，父母家人定居德国，可她觉得那里不是自己向往的地方。她独自回到家乡俄罗斯，在大学当老师，又在遇到中国太极后，发现这才是她终身要寻找的安宁。于是她又孤身来到中国，边打工边学拳。她对一切充满了热情和好奇，像孩子一样全然地去学习、去和自己喜欢的一切在一起，如同向日葵追逐太阳一样，追逐心中最真实的感受。面对困难，她不是痛苦和挣扎，而是像打游戏通关一样，带着无比的兴奋和热诚，去面对、去行动！

四

"我要向你学习！"我对玛莎说。

"学什么？"她问。

"学你的——不怕。在这件事上，也在每件事情上！"

真奇怪，有时候两个能够彼此沟通的人，不需太多语言也能明白。我说得这么抽象，玛莎居然能听懂。

她接着我的话说："知道吗？我第一次认识中国，是小时候父亲带回家的一张中国商务卡。那时我还不到十岁，看着卡上的中国字，觉得中国是神秘又遥不可及的国度。那时的我，怎么会想到，二十多年后，自己会来到中国学习太极，并且将这一切作为终身的使命。"

她说，人总以为自己的大脑很聪明，总以为可以用它来判断、选择未来的路。但其实，我们永远都不会猜到明天会发生什么。我们能做的可能只是——不怕！

"更何况，有些事，怕又怎样？怕还不是要去面对。"她接着说。

下山的时候，山谷里突然又传来山羊的咩叫，我和玛莎用那个黄昏里，唯一还算明亮的目光迅速对视了一眼。电光石火间，我们一同笑着惊呼："拜托，拜托，我们可不想再遇到一只'stupid goat'！"

嘿嘿，谁说过不怕的？

五

看到我写的关于她的文字，玛莎在微信上写下长长的

留言。

    Thank you. But you have to know, I am a usual person. I knew it before we only see things in other people that we have in ourselves. You have everything, you think I have. I am proud to be your friend. (谢谢你。你要知道，我只是一个普通的人。但一直以来我都知道，我们只能在别人身上看到我们自己早已拥有的东西。 所以，你拥有一切你认为我身上的美好的品质，我为有你这样的朋友而感到骄傲。)

看到这儿，我的内心更有力气，可眼泪却脆弱地、止不住滔滔地流。也说不清为什么，明明如今的自己更无所畏惧，可是却更容易感动、更容易流泪。我想起最初和玛莎相伴练拳的日子，好像正是自己最挣扎的时候。高强度的训练让身体遭遇一次次挑战和重建，父母家人对我的不解，更让我纠结于强硬抵触与愧疚自责当中。但是，当玛莎出现时，我俩会做些什么呢？

有时，玛莎会带来醇厚麦香的小饼干，这是她家乡俄罗斯的特产，分享这一美食是我们练功后最快乐的事；有时，我们练得腰酸背痛，玛莎会拿出艾灸，熟练地治疗，而且还会兴奋地说，这个还可以赶跑蚊子！有时我独自一人练功，回到宿舍，会在门缝下意外地收到玛莎留给我的问候纸条。

"相伴"，原来是一个多么安慰人心的词语。人在生活的泥潭中挣扎，只能靠自己，没有人能够代替。但所谓"相伴"，应该是在你挣扎沉浮，最无力、最迷茫的时候，有人像一束温暖的光一样，站在你身边不走，给你温度、为你加油！

知道不知道

　　自然，给予我们最深的疗愈。走进山林，走进自然，走向最初的自己，那是一段活在时间之外的山居岁月。

一

　　下了一天蒙蒙细雨。什么是蒙蒙呢？就是早上不拉开窗帘，不看到一地的湿漉漉，都不知道晚上下过雨；就是清晨即使拉开窗帘，第一眼看到的也是对面的山，第二眼是一地的水，再多看几眼，也弄不清此刻是在下雨还是没下雨。

　　总之，一切都静静的。像对面静静的山，几声鸟鸣在烟灰色的天空下滑过，之后，是更深的寂静。

　　中午在饭堂吃过饭，端着饭盒穿过一楼长长的门廊，朱红门柱外，练功场上空无一人，还是看不出是否在下雨。我把脸伸到门廊外，极细的雨一丝一丝蒙了一脸，感觉自己像一团浸在浓雾里的海绵，又湿润又柔软。

　　晚饭后，天色青灰，应该是在等烟雨，但，雨终于停了。格外喜欢这样气清景明的雨后，像练完拳后，筋骨被揉开的身体，通透、轻安，任满山的草木之气在上下四方匀停呼吸，又深、又细、又长……

　　这样的天，我一定会上山去走走。一脚踏上练功场湿漉漉的方块青砖，像落进潭里的一条鱼。

　　清、幽、凉……

　　上山的路上的确要经过一个池塘，站在池边，两条红色的锦鲤，轻扇着尾鳍悠游着过来了；接着又来了一条黄色的。喜欢它们这样，又寂静又美好。还有一只灰绿色的乌龟摇摇摆摆地露出头来，停留了一会儿，就没进水里去了，像什么也没发生过一样，只留下一池碧水向着烟灰色的天空。还留下我，在那里想，它们是不是以为我给它们送吃的来了？"不好意思，这次没有，下次一定！"

二

沿着山坡继续上行，山路没有我想象中那么泥泞。穿着练功的布鞋，一脚一脚踏下去，每一脚踏到的都是绵柔。但我深深地感觉到，在大地的深处，是完整、坚固、持久和力量。就如同，静下心来练功的某些瞬间，你会突然感受到来自身体深处的完整和力量。

站在半山往远处看，一大团烟云在几个山头间粗重地呼吸。那几个雨后黛青的山头倒跟我一样，静静地注视着这一切。

近处的树木布满山坡，脚下的泥土里，到处都是挂着雨珠的绿草和小花，有同学挖了大袋的野菜往山下走。

一切都那么清透、美好。我俯下身，想细细看看那是怎样的美好，可是，却感到深深的茫然和遗憾。我知道我能看到花的颜色、草的样子，我能看到雨珠的晶透，我能闻到它们离我这么近时呼吸的味道，可是这又能说明什么呢？因为这些，我们就真的了解它们吗？

沿山坡往下看，几位新来的同学正在一手一脚摆弄着课上学到的套路动作。看到他们，我想到最初学拳的自己，那时怀着对新鲜事物的兴奋，五天学一套拳、七天学一套剑，只知从外形上看动作美不美；那时手挥身动，只想要做出让别人看起来惊叹的姿势。如今一路走来，才发现，学习太极、学习再多的动作，也许只是引导我们一点点去发现自己身体的秘密，在体会自己每一个细微的举动中把沉睡已久的每一个细胞唤醒，轻声对它们唤一声："哎，记得吗，你原来是一个生命?"

什么是生命呢? 生命是感受、是创造，是每一刻每一时都有新的东西在生长。

三

想到这些，突然觉得眼前的云、身边的草木虽然这么近，自己却离它们那么远。它们也是生命，它们的秘密又是什么呢?

越想越迫切，越迫切却又越茫然。最后我索性和自己和解，放弃一切思考、放弃一切纠结，面朝山的方向站桩，让自己像浸在水里一样，浸在这一切当中，直到被这一切完全没顶、没顶……

不知过了多久，只知道，闭着眼睛也能感到天光在变暗；只知道，头上和身上的湿气像长久地在浓雾中浸泡一样，越来越重。天就这样暗下来了。我抽回脚步，收功下山。还是那条上山的路，起先的茫然此刻逐渐释然。我对自己说："我们对一切所知甚少，或许只是因为我们对自己所知太少。如果我们学会收回目光、内省自观，知道了更多自己的秘密，难道那些世间生命的神秘，还会是让我们茫然的秘境吗？"

　　好好练功，我想试一试，知道更多不知道的事……

所谓行云流水，是亲手揉按开一个又一个结

到底要付出多少，才能看起来毫不费力？

或许任何行云流水、云淡风轻的背后，都是亲手揉按开一个又一个结。

一

"哇！"

那一刻，我敢说，应该是住进山里这几个月来，我的感官最兴奋的时刻了吧。

"吃的是面，面条本身是拉、是削，还是切，是手工还是机器制，上手的柔韧筋道、入口的咬劲弹劲，都要有要求有讲究的。喝的是汤，熬汤的用料和时间，汤料沉淀和过滤成汤的方法，汤的温度、浓淡、清浊不一。配的面码，是荤是素，是细剁成丝还是利落薄片还是粗切大块，是炒

[俄罗斯] 伊莲娜·满额利斯（Irina Manelis）/ 绘

是煎是炸是煨……"

那一刻，我在想象，我在回忆，我在憧憬……

嘿嘿！其实，我只是在看美食达人欧阳应霁书中所描述的一碗美味的牛肉面。

如果把入山习拳看作一种修行，如果修行也分级别段位，如果我敢自负地说："还不错啊！"我自己都要分身出个老师傅，挥动戒尺狠敲自己一下，然后狠狠丢话："想什么呢？还差得远呢！"

从吃东西这一点，就能看出我的"道行"有多浅。虽然口舌上不再追求过分的刺激，但武馆里常规的饭菜天天吃，要说对美食没有一点憧憬和向往，自己都觉得在说谎。

所以，看到书里调动这么多极富精度和密度的语言，描述那一口牛肉面的鲜美，我的脑子里还是会浮云满天飞。

二

一边这么画饼充饥，我心里还一边冒出了一个奇怪的念头：时间到底是什么？怎么好像可大可小、可长可短一样？

"为什么？"

因为我设想了一下：不长也不短，刚刚就是吃一口牛肉面的一刹那，如果也给我和作者同样的时间，如果不看书里的描述，我自己会生出怎样的感受呢？

说来惭愧，当把自己放在这样的情境里，我好像只够先大脑空白一秒钟，然后用剩下的两秒说"哎哟，味道还不错哟"，就结束了。

"这样看来，我和那位美食达人，拥有同样的一碗面、拥有同样的吃一口面的时间，我们所拥有的时间，当真是一样的吗？"我问自己。

三

春分后的一天雨后，老师做完一套拳法的演示，说："我们开始学武当玄武拳，这套拳或快或慢，或刚或柔，阴阳各见所长，所以又叫两仪拳。"

抬头看天，雨过了，风还没有走，暴风雨前那厚重的云，此刻，在空中化作丝丝缕缕的绕指柔，河流般地流淌。老师行拳中不间断地流动，正如这般行云流水。他告诉我们这些学生：这样一套完整演绎仅需 3 分钟的套路，仅仅是做到"招熟"，所需的课时就是半个月——15 天！

当下我在心里嘀咕：不会吧？3 分钟的动作，怎么会需要学这么久？

一瞬间的闪念是，时间或许向我们隐藏了一个巨大的秘密。

"提腿开步，双手上托下按，气沉丹田。"课堂上，我们听从口令、移动身体，是熟练招式的第一步。只用了三天时间，口诀完全烂熟于心，动作也依葫芦画瓢学了一大

半。有那么一瞬间，我真的有点小得意："以这样的学习进度，哪里需要半个月？"

可是我把自己的动作用手机录下来回看，人就傻了："怎么会这样？"

明明我和老师是完成同样的动作，他做得行如龙、坐如虎、闪如电、发如雷，可看看自己，什么行啊坐啊，闪啊发啊，统统像只大病猫。

"问题到底出在哪里？"我一头雾水地去向老师请教，"为什么您上步轻盈，我却歪歪倒倒？"

"腿部无力，步伐怎么轻盈？"

"啊！腿？"

"为什么，您发力浑厚，我们却只能手上在摇？"

"裆、胯无力，力从何来？"

"哦，裆、胯！"

"明明全身憋足了劲，怎么使不出力来？"

"做不到上松下实，力怎么发得出来？"

"咦！还有上与下！"

"老师，为什么一套拳您打下来自然轻松，我们却打得上气不接下气？"

"不知快慢相济，就没有节奏；没有节奏，呼吸如何顺畅？"

"天哪，还有快慢，还有节奏！"

四

不问不知道，一问才突然警醒：老师留心的，我连想都不曾想到，更别说用身体做到。不就跟那口牛肉面一样吗？同样打一套拳的时间，老师投入了那么多身心的感受；而我呢？只是背着口诀，囫囵吞枣地一晃而过。所以喽，呈现的结果当然会有不同。

"他的时间里包含了多大的密度啊！"我心中感叹。

于是我老老实实撤身回来，做自己的功课。

"今天知道了讲究绵柔，却不知绵柔不是无力，而是绵里行刚。"

"力，如何从起点出发，走怎样的路线，经由身体节节贯穿呢？"

看到好几段当时习拳的日记，笑着问自己："是故意为难自己吗？这样无始无终地推敲和琢磨，到底为了什么？"就像看到一位老农挥动着锄头，在长天大地上垦荒，尽管漫无边际，但还是，一锄一锄，凿下去。

可是，很意外！这最笨拙的一锄又一锄下去，过去粗阔散漫的动作招式，变成了身心从上至下、由内至外的感知、体悟和轻柔调试。时间呢，也就这样，在我手中深入、再深入，逐渐容纳下一个更精微、更丰厚的自己。

五

无论是生活，还是习拳，常听人说，安住当下。

"什么叫安住当下？"坦白说，我一直有些糊涂，是只顾眼前的敷衍和消磨，还是今朝有酒今朝醉的沉溺跟放纵？可是此刻，我好像有些明了。生活在当下，应该是在一点一滴、每时每刻，诚实地面对自己。穷尽一切地去打开自己的感官，去感受、去思考、去行动、去拓展我们所拥有的时空精度和密度，让我们的生命在每一时的创造中精彩闪现。

被世人称为不朽的凡·高，曾对他弟弟说过一段话。他说："没有什么是不朽的，包括艺术本身。唯一不朽的，是艺术所传递出来的对人和世界的理解。"这段话好像在谈艺术，但它让我试着重新度量生命和人生。我对自己说，不要只是羡慕他人的平滑流畅。原来，那些行云流水的质感背后，是密密实实、无始无终地拿捏、揉按开一个又一个的结，是人在不断理解世界的精微。更重要的是，人在理解自身精微的脚步里，探索生命的无限可能。

这，会不会是，行拳流畅的秘境呢？

这，会不会是，我们这一场生命，所谓的"意义"和"不朽"呢？

哈哈，居然想到这么多深沉、严肃的话题。

其实，那一刻脑海中能想到的最开心的画面，应该是：有一碗"遗世而独立"的牛肉面，红烧、清炖都行，立刻、马上就出现在我的眼前！

什么会让我在山路上停下脚步？

什么会让我们在仓促中偶尔停下脚步呢？

是味道？是声音？是一道惊心的风景？或者只是一个清晨，站在逐渐明亮起来的窗前，面对自己，只用面对自己。

一

　　在山里生活，我发现自己和过去相比，有个很大的不同，就是常常会——停下脚步。

　　在城市，可能会因为行车中遇到红灯了吧；可能是路途中遇到相熟的人了吧，站定寒暄几句，又各自匆匆赶路；又可能，是真的到目的地了；或者，从一个点到另一个点，我们总是匆忙，总是仓促，总是没法停下来。

　　那么在山里呢？

　　要是以武馆为起点，我走得最多的有两条路：一条是武馆门外那条山路。尽管它一头连着国道，但因为另一头它只通往一片山谷中的菜园，和两个地图上找不到的小村子，所以也没有什么车辆。偶尔有电动摩托"突突突"地行在路上，隔老远，我就停下来，一直注视着它从身边驰过。

　　"吃过饭了吗？"

　　"吃过了！"

　　"天冷啊！"

　　"哎，是呢！"骑车的人虽不认识，但常常也会打招呼。这是小地方才有的悠长时间和热络人情。

另一条是通往后山的路。后山应该是远近最高的山顶了。真的很高，站在山顶上向东看，能看到穿山而过的铁路。能看到铁路从另一座山穿行而过的地方，这里一定是比那个有山洞的山更高喽！向西看，还可以看到更远处的太极湖，到那里，开车还要十几分钟呢！

四季草木枯荣，这条路也时而模糊，时而清晰。因为窄小模糊，当然只能供人步行。有天下了课，我看到晚霞很美，本想到武馆外的山路上去看云，没想到遇到它们：碧绿如盖的大大叶片下，居然藏着一个圆头长身子的南瓜；拥有大大倾角的山坡上，是一路排队上山的芝麻花。一出武馆大门，看到了一只小牛。小牛见到我就哞哞叫，奶声奶气的。我这才醒悟，平时在武馆里练功，常以为听到了小羊的叫声，猜错了，原来是它！

二

古人说四体不勤、五谷不分，而我连牛叫还是羊叫都分不清，真够丢脸的。

呵呵！何止这个分不清，过去何曾知道不同节气时天地万物会有哪些样貌？

想想自己有多长时间了，夏天里，躲在空调房里怕热、怕晒、怕流汗；冬天里不出门，躲雪、躲雨、躲风、躲冷。密闭、人工的空调大楼，好像为我抵挡着一切，也让我在季节中逐渐丧失了感觉……

但住在山里呢？

我会发现，季节的变化像最亲切、最熟悉的朋友一样，就在你身边：雨水节气前后，一定会下雨。夏至之后，阳光更有力量，充沛又滚烫——当然，蚊虫也迎来了元气最饱满、精力最充沛的好时节。有一次在户外练功，我不幸中招，脸上肿起一大块，持续数周都不消散。立秋前后，只是一场雨，天就凉了，真的很准！小雪节气，天空会下起小雪粒。走在山里，雪粒在远山的背景前一道道密密实实地划过，像极了几米漫画里的样子。

感官不再被城市里五光十色的强烈刺激所左右，我开始为这些细小而微的事物触动，心也开始敏锐了。这应该是一种进步吧。

三

在山路上如果碰到一畦青葱，隔老远就会被它们的

193

气味冲到。那味道，终于让人明白为什么年轻的时光叫青
葱岁月。看它们那股不断冒头的样子，一颗颗直心指向天
空，好像没有别的方向。

霜降过了，整个世界都在凋零，却在山岩上看到一簇

一簇新鲜的雏菊。那份兴奋和惊喜，就像和小朋友玩躲猫猫，发现目标了，两个人都会兴奋地大叫大笑。

想到还是小学生时写的作文，常赞美梅花、菊花不畏严寒、品行高洁。现在想，这些于天地自然而言，应该只是莞尔一笑吧。没有春夏的繁茂，怎有相较而言秋冬的萧条？没有春花的稠艳，怎能衬托出秋菊冬梅的高洁？那些生长于春夏秋冬不同节令的花草，哪有什么高下优劣可比较。四季物华不同，天地万物次第展开，这份和谐共生、循环往复才共同组成了天地间真正的大美！

春夏之季，日子变长，晚上六点，夕阳还斜扫在树梢上。这样的时候，我会行走在后山那条路上。

如果隔天有雨，头几天里，山中的水汽一定浓重，空气凝固了一样，就连夕阳的余光也是混沌一片，没有光影明暗的对比。一切安静着，安静着，像时空的尽头，也像时空的开始。

偶尔起风，叶片大的树像流水一样发出哗啦啦的声音，山松的针叶则会发出沙沙沙的声音。听到这些声响，才觉得，世界的钟摆还在晃动。

爬上山顶，站定下来，举目四望，还是混沌一片。我专门闭了闭眼睛，聚气凝了凝神，再往远处看去，群山的骨架也还是模糊不清，水汽真的太重了。

"莫非今晚就要下雨？"我在心里想。

四

　　幸好，山路上有一丛又一丛新鲜的艾草。从它们身边
路过，我总会停下来，撕下一小缕叶片，放在鼻子跟前，
细闻它清冽的味道。真的让人难以相信，只是这么一闻，
再急促的呼吸也会变得像丝线一样，轻微深长；再混沌的
脑壳也会刹那间清明；再模糊不清的傍晚，也能一下子清
晰明确下来，就像在一张白纸上画出的一条黑线一样清晰
明确。还有满山的金银花散发出的阵阵芬芳，也是清晰

的；从不远处一掠而过的小鸟，留下的鸣叫声同样是清晰的。

谁承想，那一刻，会是味道和声音，以不容置疑的方式，让一个混沌飘浮的傍晚稳扎下来。

曾经翻看国外一位健身教练写的书，他说："无论生活中其他的时间有多么纷乱、混沌，每日的自我练习，总能像一块磐石，让我在一个疯狂的世界中清晰明确。"他说的应该不只是肢体的锻炼吧，应该还有打开感官、找到重心，让人稳扎在大地上的感觉。

什么会让我在山路上停下脚步？

什么会让我们在仓促中偶尔停下脚步呢？

是味道，是声音，还是一道惊心的风景？

或者只是一个清晨，站在逐渐明亮起来的窗前，面对着自己，只用面对自己。

都行吧！关键是，舍得花时间，偶尔停下来，找到那个属于自己的、像磐石一样的重心。

因为，对于我而言，那好像有点接近——生命的重量。

闲，是需要刻意练习的功课

原来，"闲"其实是一份内心的余量。

涵养一份留有余量的心境，实际是在保留一份"忙时不慌"的底气。

一

生活和工作在都市里的时候，世界转得有点快，大家一直都很忙。"闲"好像是一个听起来有点奢侈，甚至是有点贬义的字眼。

来到山里学拳，虽然在时空上好像拥有了"闲"下来的条件，但真正能做到闲和慢的节奏，好像也有不小的难度。

比如说学拳，我和同学们起初最困惑的是，同样一套拳，我们演练的速度为什么总是比老师快很多，而且明知道快，还很难刹住车？

百思不得其解。老师向我们提问："你们在演练时有没有观察过，自己到底是在专注于完成，还是专注于过程呢？"

"这有区别吗？"我们更蒙。

"区别大了！当专注于完成这个点时，我们的目标是到达，只踩油门，不踩刹车，速度当然会快。但我们专注于过程，就会在手忙身动之时，仍然抽离出一颗闲逸之心控制节奏，拿捏行拳中的快慢、虚实、轻重。有了节奏，动作当然不会一味仓促、一味快。"

老师接着说："呼吸急促，不懂放松，最终的结果是，既没有更快的动力，也没有放慢的能力。"

哦，原来，"闲"其实是一份内心的余量。

涵养一份留有余量的心境，实际是在保留一份"忙时不慌"的底气。

二

其实，何止是练拳，中国古人拿毛笔写字、带着一份特殊的仪式感沏茶、独坐幽篁里抚琴，到底是为了获得什

么呢?

应该不只是在对决中一争输赢、应该不只是把字写好看的单一愿望,也不只是解渴喝口茶吧……

明代的张岱在《陶庵梦忆》中说:"人无癖不可与交,以其无深情也。"说的是人在闲暇时,没有癖好是不可以和他交往的,因为他没有深情厚谊。

我在想,这里说的深情厚谊,会不会是对待生活、对待自己的一份最真实的热情呢?

在拳法中练习呼吸吐纳、从海天云水间去探寻笔墨丹青的节奏、从天地万物中体悟悠游而行的韵律,也许,在现今这个快节奏的时代里,很多人会觉得,这份闲情是不合时宜的。但当我的生命中有这样一段机缘,让我从日常生活的仓促节奏中抽离出来,我才越来越觉得:闲,不是一味地慢,更不是懈怠和偷懒;闲,其实是一颗,无论在任何境遇下都宽裕的心。

急会乱,忙会慌,会让我们被外力裹挟,丧失自己的观察和判断。所以太忙了,往往会和自己的心远离;病急了,常常会乱投医。就像在武馆学拳时,陈师行道长所说:"练拳就是让我们静下来,不要让我们的神,不断地去运转,去消耗我们,让我们身体慢下来。静下来,松下来,你的心得、你的感悟自然而然就出来了，不要急。"

唯有一份"闲定"之心，才能让忙碌的现代人，在诸多焦虑、困惑、冲击和茫然面前，依然保有自己内心的定见；在生命不可避免的艰难和挑战面前，更好地享受生活，也更好地忍受生活。

在习拳的课堂上，老师常教导我们：由安静的站桩到动态中行拳，再由行拳到静立收功，动与静的循环往复、悠游呈圆，正是天地自然的生长之门。

而我们的生活又何尝不是如此？闲与忙、松与紧，静中生动、动中养静，再重新从静里出发，循环往复。我们在生活中画好了这一个个圆，才有源源不断的能量和生机，持续向前。

行走在山林间，我常常想：山中习拳的岁月终将过去，当再次回到都市，开车穿行于人海车流当中，一脚油门踩下去的时候，我会不会惦念并感激那个曾经慢下脚步、认真练习"闲"这门功课的自己呢？

因为，那或许是我再次出发的勇气；因为，那里应该是伫立着一个更加真实的——我自己。

云飞天不动

你我皆凡人，那些川流不息的人、事、物，还有念头，我们无法阻拦他们的到来，但我们至少可以好好照料心田里的这份"空"，让一切在自然而然中，进出往来，升降沉浮。

一

这一天的宇宙编码是天晴、多云。上早课时，湛蓝的天幕是底子，上面落着云。到了傍晚，云朵都散开了，千丝万缕，绕指柔般地流连。

之前的一天，是雨后将晴未晴的天，云是深深浅浅的灰，做八段锦（养身气功）时，头和手随气机上抬，居然看到一大群不知名的小鸟在很高很高的空中画弧盘旋。有多高呢？高到这么一大群，就在头顶上，不抬头居然一点没

察觉，像默片时代放映的电影胶片。天空灰白，而它们是颜色最深的灰。

再之前，下雨！云，没遮没拦地在练功场上空跑得很快，像急走躲雨一样快。"真奇怪！躲什么呢？雨不就是云它自己吗？"呵呵。

更早之前呢？云是什么样子，就记不清了。只记得自己一直都很喜欢看云。因为觉得，天上的流云，像太极，变化无形，又安静浩瀚。

二

有一次在练功场练功，当天大风，我看到树叶狼狈地被左一下右一下吹得满地跑，可抬头看见一大朵雪山云却依然雍容沉着。原来，丰盈或是塌陷，生命的状态若有不同，在风中下落和移动的姿态，会有如此地不同。

后来看到一本书叫《万里无云》，书中说：原来，云是杂念、烦扰、执着、欲望，是心头上的那些凡思。从此对云就心有余悸了，总觉得不好。站桩时察觉得最清晰，身体静止下来，满脑子流星雨般的念头，左一道右一道。在人前练拳时也能觉察到自己，不是伸展过度，想表现；就是伸展不足，害怕露怯。忍不住在每一个别人的眼里去打量自己，蓦然间才发现，离真实的自己早已更远。

记得有一次看到视频里采访艺术家林怀民，有人问："为什么云门舞集《水月》那么寂静，却让很多观众落泪？"他回答："现在这样高速运转的时代里，每个人心中大概都有个委屈在那里，当我们闭上眼睛想静下来的时候，往往看到的却是自己的焦虑！"

的确，人有眼耳鼻舌身，任何一种外界的触动都有可能启动我们心猿意马的开关：

"这个动作标准吗？会不会被别人笑话？"

"这次抬腿这么高，别人看到了应该会佩服和惊叹吧？"

最初站在众目睽睽的练功场上练功，除了身体的磨砺，我最大的障碍就是内心这些剪不断理还乱的念头。

肉体凡胎，那些浮云，何时才能"万里无云"呢？

三

有这样一个绳结打在心里，就越来越不敢在人前打拳了，只有每日在无人的后山练拳，才觉得最安全。就在这样的一天，我又来到后山，不一样的是，那天傍晚，头顶上的这一整面天空，都是只顾赶路的云；像一个庞大的部落在迁徙，浩浩荡荡，从遥远的地方而来，向更遥远的地方而去，像蒙古族长调般地深情又幽远。

"这么庞大又浩瀚的云，需要多久才能消散啊？"心里暗想。可是自顾自地一套拳打下来，再一回头，天空已是空无一物。

长久地注视着这一切，我开始问自己：为什么要害怕那些到来和离开呢？为什么不能像这空寂的天空一样圆融，让一切自由地进出往来、升降沉浮？

过去我遇到念头、碰到焦虑，就会如临大敌，常在内心劝诫自己要"放下"。可是令人沮丧的是，往往劝诫越多，焦虑和念头却越强烈，最后甚至连那些劝诫都能将自己塞得更满。

那一刻，抬头看天，我才意识到，"放下"，不是压抑、拥堵，而是疏导、流淌。

因为情绪和念头都是能量，它产生了就需要有出口让它散去。

"放下"，不是逃避，而是坦诚地承认和完全地接纳；

"放下"，不是搁置在那里，骗自己不去看不去想，而是迎上去，以一颗更加宽阔、从容的心，就地化解于无形。

老子在几千年前就说了："道冲，而用之或不盈。渊兮，似万物之宗。"只有保持那份难得的"空"，才有无穷无尽的力量。

你我皆凡人，那些川流不息的人、事、物，还有念头，我们无法阻拦他们的到来。但我们至少可以好好照料心田里的这份"空"，让一切在自然而然中，升起又落下。就如同头顶这面"云飞天不动"的天空，在寂静中接纳每一片云的到来和离开。

和很多人在一起练拳时，我还是偶尔会分心，脑子里有很多想法，不能每时每刻做到身心合一。但相比以前的进步是，念头一起，便有察觉，默默注视着一切，那些零星专注的点，逐渐连接成绵密不断的线。自己也拥有了更多寂静、完整。

可不可以，随意而至？（上）

　　我一直把太极拳当作一门书本上的学问和理论在研究，可是，它更是一项曾经活过的人们，以身体为载体演绎的技艺和武道。

武当太子坡的一角宫墙

一

回头看"山居岁月"里的前几篇文字，觉得有些奇怪，怎么好多学拳路上迂回曲折、好一顿折腾的问题，用文字写出来，却是一副随境缘起、处处开悟的轻松模样？

好，明明就挣扎过、努力过，也没必要总摆出一副通透明达的模样。这样会惹人讨厌，最重要的是自己也会看不惯这样的自己。

所以，再掰开揉碎一点，说说我走的那些弯路。

话说，自从认定了在山里学习一段较长的时间，我练拳的态度就更认真了。

怎么说呢，"认真"这个词对于做好一件事很重要，但要做坏一件事，功劳也不会小。

对我而言，"认真"意味着什么呢？就是动用大脑堆积知识，然后进行逻辑分析和推理喽！从小时读书到参加工作，我都是这么用功的。人若熟练掌握了一套解决问题的方式，是会忍不住处处不假思索地拿出来耍的。

于是，认真如我，自然会捧着各种讲解太极的书籍，像学生时代期末备考一样，挑灯死磕，以期在练习动作时能用得到。

太极真不愧是经典，就像说到豪门一样，"豪门"一入深似海：五行八卦，奇经八脉，宇宙万象，无所不包。

起初苦读了一段时间，满肚子自以为是的知识，不知道去哪里显摆。真练起拳来，想东想西，那些知识倒成了最重的书袋，压得人连该迈哪只腿、该抬哪条胳膊都不知道了。

最搞笑的是，那个时候，外国朋友玛莎还常问我："到底什么才是真正的太极？"我还向她推荐讲解太极的理论书呢，把这个读过康德、荣格的外国大学老师吓得连呼："No—No—No！"

"你们中国的太极书太难读懂了！"说完，玛莎还学着微信里眩晕的表情包，用手指在眼前画了好几个圈圈。

二

没事啦，即使放下磕书，我还有绝招——

就是，提问！

我很幸运，在这条学拳的路上，一直都能遇到好的老师，甚至是太极拳界的前辈权威，经意或不经意间帮我给出答案。得到一个答案，我就"如对至尊"，照听、照搬、照用。可是不幸的是，拥有一大堆答案后，难题又来了：如果两个大师对相同问题的解释不一样，到底应该听信谁的呢？

唉，原来，信息匮乏和信息爆炸同样可怕呀！

更悲哀的是，练拳之初，我还碰到过那位山与海老师，不但推翻我很多根深蒂固的答案，甚至连路线和方向都好像要被颠覆了。

比如说，我提问："呼吸怎么练习？人体解剖学上说，是练习膈肌的升降，对吗？"

回答："你们想得太多了，要以身体感受呼吸，以呼吸感受万物。"

"嗯……"

提问："打拳腿上无力支撑，什么动作能训练腿力呢？"

回答："到武当，你们爬过山没有？"

"嗯……"

虽然山与海老师已经离开了武馆，但这些最基本的问题依然会在我习拳的过程中冒出来。总之，各种问题纠缠无解，让我迷糊不堪。这种状态持续了相当长的一段时间。我呢，又着急，又无计可施。

武当紫霄宫外的竹影和山影

三

后来有一天，不经意间，翻看学者杨照写的一本书《诗经，唱了三千年的民歌》。他在书里倡导大家，放下历代书家的解释，回头来，自己阅读原典。理由是："这些产生于不同时空环境下的文献，记录的毕竟是人的经验与感受，我们今天也就必然能够站在人的立场上，与其经验感受彼此呼应。"

有点跟练拳八竿子打不着，是吗？但看到这几行字，我的脑袋就像插了电的灯泡，"当"的一声发出光亮来！

"会不会是我有些南辕北辙了呢？"

我一直把太极拳当作一门书本上的学问和理论在研究，可是，它更是一项曾经活过的人们，以身体为载体演绎的技艺和武道吧？

在洪荒之年，文字出现之前，远古的先民会采用结绳记事的方式记录天地、自然和人类的大事；会用朴拙的笔触在岩壁、器物上刻画出图像；会把自己的生活中的心事唱成歌谣；会把心中的欢愉演化成原始的舞蹈，手舞之，足蹈之。跨越千年，流传至今。

这些绳结、这些画、这些歌舞，是历史，也是古人抛给我们的线索吧，让我们得以穿越时空，依然能感受到，那些和我们一样曾经活过的生命的心事和期许。只是，身处现代的我们，又到底，知道不知道？

四

那么太极拳呢？同样也是人创编的呀！古人说："无以见其形，故有画。""无以传其意，故有书。"

那么太极拳呢？是不是古人对于天地自然之道的观察、感受和喟叹，"无以明其道，故创其拳呢"？

我一时独立在自己的想象世界里，出神！

"那么太极拳的线索又在哪里？"

"武当武术呢？"

相传道人张三丰行脚武当山，仰望浮云，俯视流水，若有所悟，以此创拳，以武演道。又因在山中观察蛇雀之战，而创立了被称为太极母式的——武当太极十三式。

山水、流云、自然、万象，这些是不是古代先哲抛给我们的线索呢？

也许我真的需要先到山路上走走、溪水里蹚蹚，再回头来练拳，又将会怎样？

可不可以，随意而至？（下）

所谓的常识、知识，有时会成为我们最大的障碍。

原来，人的生命里还有另一套操作系统，叫作——让身体的感受走在思考的前面。感受自己的身体，用身体去实证拳理，我们应该和古人一样，原本就拥有这样的本能吧？

一

看着山谷里豆腐块大小的碧潭，还有远处起伏悠长的山路，又低头看看自己的一双脚，真不敢相信，自己这次是仅凭脚力走了那么遥远的路。

就在刚刚，那些景色还在我的身旁呢，现在已经变成我的"履底烟霞"了。

"哈哈！是真的吗?"

来武当学拳，不可能没游览过武当山。不过第一次上山，更确切地说，我只能叫"览"过武当山。什么意思？就是"看"呗！而且是封闭在各种玻璃窗里看。

首先，从武馆坐公交，隔着车窗看了二十分钟街道和路人，到达武当山旅游点的大门口。

然后，排队买票，再换乘游览大巴，一边看着前方宽敞整洁的柏油路，一边上山。

到达了景区的中转站，再换乘索道。就是坐在一个玻璃箱里，从很多树尖上一扫而过，到达离金顶最近的地方。

登临金顶那段路，终于要走几步了。早就听说那里是

武当玄岳门

武当之巅，景胜境奇，本想鸟瞰一下远处的风景，体验一下"澄怀以观道"的悠然气象，结果，被后面的游人拥着向前，鼻子差点撞在前面那位的屁股上。

总之，在一天之内，在规定好的路线里，不同的人、同样的路、同样的景点，上车、下车、拍照、坐索道，跟腔行走。这是我第一次上武当山的经历和记忆。

这次不同了。我从玄岳门出发。这个门很有点"背景"，是建于明朝的一个石牌坊，上面的"治世玄岳"四个字是由明嘉靖皇帝亲赐。以玄岳门为起点，途经遇真宫、元和观、回龙观、磨针井、紫霄宫、乌鸦岭、榔梅祠、三座天门、朝圣门等景点，最终可以到达天柱峰顶的太和宫金殿。

为什么从玄岳门出发呢？

因为，这条路线就是传说中的，古——神——道。

据说，过去武当的道人就是从这里入山。玄岳门，就是这条古神道的起点。因为路途险峻，过去有个说法，叫作"过了玄岳门，性命交给神"。

说实话，可能是因为第一段路（玄岳门至元和观）经过老武馆的所在地（元和观），我对地形比较熟悉，而且好长一段现在都变成柏油大马路了，所以没觉得那么险要。倒是这次爬山已近端午，草木葱茏，蚊虫的元气也饱满起来。我坐在元和观后山的石头上，一边啃苹果，一边心浮气躁地往腿上喷驱蚊水时（蚊虫隔着长裤也能咬到我，功力该是有多高），联想到平时练功，被芝麻大点的虫子咬得鼻青脸肿、一周不消的情形，又看看远处草木森森的群山，很难想象，古时候的道人，没有驱蚊水、没有帐篷包、没有户外装备、没有现代交通工具，当真一脚踏入古神道，会做何感想呢？（反正我还是挺有顾虑的，害怕虫叮蛇咬！）

二

从元和观到回龙观，中间有条起起伏伏的土路，当我高一脚低一脚，终于到达回龙观时，太阳已经开始下沉。群山像波浪一样层层向远方连绵而去。回龙观的断壁残垣上有斑鸠，叫一声就盘旋一圈，又叫一声，又盘旋一圈，再回巢……

我一个人坐在这边的山头，看着远处另一个山头之上重重的霞光，一切都随着暮色，深深地下沉、下沉……

记得以前淑萍在信中说，一个人的行程或许在外人看来无聊，但感官却是更敏锐的。

真是这样呢！过去我从不曾知道，在陡滑的山路上想

要稳住阵脚，练功时说的重心下沉、五趾抓地就是诀窍；过去我从不曾知道，从白昼走进黑夜，人情绪的变化会如此微妙。更难以想象，徐霞客曾经在游记中描述的，攀岩溯溪与猛兽为邻的夜晚又是如何度过。那些古往今来寻访武当的问道者呢？内心要有怎样的信仰，才会深入这毒虫猛兽之地，心无畏惧？又是怎样的人，拥有怎样的一颗心，才能在凶险之境，像传说中的三丰道人那样，端看溪水、流云，俯察自然、万象，创拳立派，让旧日的山水成为今日的传奇？

呵呵，想太多了。日本有个绘本作者叫高木直子，写了一系列她一个人做各种事情的书，比如《一个人的美食跑跑跑》《一个人的幸福手作》《一个人的第一次》。我看，我这么一个人七想八想也能编本书了。叫什么呢？就叫《一个人练拳，想想想》，哈哈！

可惜，我不会绘画，唯有笔下的这些文字，它们无声、无色、无味。它们的力量如此微弱，不知此刻的你，又可否能感受到，那一刻，夕阳下如波磔荡漾的群山，还有，那深深沉下去、沉下去的暮色……

三

傍晚 仿佛能听到群山深沉的呼吸

还好，不算太晚。傍晚时分，我在山路上拦下最后一班上山的大巴，赶到紫霄宫附近，找到住宿的地方，安顿下来。（我当然没有古时道人的胆气，独自住在山野林中，也没他们的武功啊！）

晚上七点钟过后，山里不再有机动车通行，也没有了白天的喧闹。群山、草木蒸腾出的湿气，还有山里那些万籁，像深深的怀抱，给人巨大的安宁。公路上还有微光，零星有同样在山里住宿的客人，在逐渐清晰起来的月光下散步。大家各自不同，各不相识，却相互点头微笑。是否，因为这自然的安详同善意，让我们彼此相认，相认是同路人？

听客栈老板说，早上能看到日出。于是第二天早早起床，到山上看日出。

在武当山水的心腹之处，送走黑夜，一分又一分等到光的到来，才知道，自然的潮汐消长是股多么巨大的力量。

还有那唤醒一切的光，又是多大的力量。树叶会向着有光的方向生长，飞蛾会向着有光的方向聚集。而人呢？

日出 这是那一刻

即使在最混沌、最黑暗的地方生活再多年，一旦见到一束光，也再无别的选择，只能向着有光的方向飞翔。原来，把自己放在寂静的自然中，真的能更清晰地看见自己；把自己放在更广大的宇宙时空当中，那些曾经纠结于内心的牵绊，就会在自然的宏大与广阔中逐渐变小。

当太阳将一切唤起，明亮到不能直视的时候，我甩着手，从看日出的小山头，顺着窄小的山路，一颠一颠往下走。好玩的是，突然有颗核桃大小的山果子，叽里咕噜跟着我的脚步滚下来，我走一步它跟一步，几次迈步都险些踩到。

"是孙悟空变成的小仙果吗？"

我一迭声说："打扰，打扰，借过，借过！"

谁知道呢，它会不会当真是哪个山神伪装来的？

嘿嘿！

四

结束了爬山，回到武馆，接下来的课程是学习武当太乙五行拳。武馆的陈师行道长在讲解拳法时说："用学知识的思维逻辑去学拳，会学不好。跟着你的身体去走，出来的东西才是真，理论和实际才是结合的。"

我改变了过去的学拳方法，不再只是背诵拳谱口诀，也不再只是捧着书本枯想拳理。取而代之的是，一遍遍地练习，一遍遍地像体察自然一样去体察自己的身体。突然感受到太乙五行拳有点像不断地把自己的身体、脊柱当弹簧，上下、左右、前后拧转、弹出。

"创造这套拳的人应该是个爱和自己玩的顽童吧！"我一边练习一边在心里琢磨，"原来人的生命里还有另一套操作系统，叫作——让身体的感受走在思考的前面。感受自己的身体，用身体去实证拳理，我们应该和古人一样，原本就拥有这样的本能吧?"

在自己近40岁的"高龄"，开始学习太极拳，我相信，我此生都不可能成为一个与人打擂、战无不胜的武林高手。但我感动于感官的一点点打开，更感动于那个在与古人、与自然一遍一遍地揣摩、交流和熏陶中，重新觉察出的自己。

"与天地之气贯通，以一颗澄明之心，去体会生命的自然律动。"

这，会不会是武当太极拳要教给我们的心法?

这，会不会也是武当的山水、流云、日月、草木、建筑存在的真正意义?

"到底什么才是真正的太极?"

对于玛莎问我的这个问题，坦白说，那时的我心中依然没有属于自己的答案。只是说出来我自己都觉得很奇怪：当我静心体会一座山、一道水、一棵树、一片云的呼吸时，很多东西就会一点点地变清晰……

忘说了，我还会去爬武当山，也许凭脚力一直走，也许走一段路再坐一段车，也许走走停停，都有可能吧。只是我不会再像过去一样，只是为了跟随大多数人的脚步，只是埋头走划定好的路线，那得失去多少沿途意外的发现和惊喜呀？

如果可能，如果有更多的时间，我想我还会选择，随意而至。

云在青天水在瓶

练得身形似鹤形，千株松下两函经。

我来问道无余说，云在青天水在瓶。

——［唐］李翱《赠药山高僧惟俨》

一

武当山的夏天，阳光不输城市的滚烫。但进入秋季，微风不燥，气温适中。这样的时节，来学拳的学员也格外多了起来。教室里的人挤挤挨挨，我们的师父、馆长陈师行道长索性带领同学们在银杏树下盘腿一坐——也是大家心中别致的课堂。他向学员们给出关于练习的建议，学员们听到的，还有一位修行者，力透纸背的人生见地。

"你们要悟拳，心中要有问题，说出来，看会不会考倒我。"

师父说："心连万物皆修行。"

新一期的亲授班学员正在向道长学习拳法。大家本想一味听，不承想，师父的方法是，除了听，还要学员学会自己提问。

"练拳中每个动作是否都要想着攻防技击？"

"如果每个动作都想攻防，那样杀气太重、目的太强，反而练不好拳。一切要归于自然。"

"站独立桩时，要不要后仰？"有学员问。

师父反问："你说呢？"

"我觉得应该站直，但看到很多人后仰，就不清楚了。"

"别人可以有很多说法和做法，可问题的关键是，我们自己心中，有怎样的选择和判断。"

大家的问题繁杂，道长却答得从容。他背对着银杏树盘腿坐着，月光从身后播洒过来。他在那片月光里，看不清面容，只有光影中的轮廓，却自有一番"君子事来而心始现，事去而心随空"的悠然气象。

二

道长的头衔很多：武当武术传人、武当剑冠军、武当轻功代表、武当师行功夫道院负责人……列出来长长一串。但说来奇怪，最初学拳时，看到这些头衔往往让人内心震荡。但随着时间的推移，更加润物细无声的却是道长不经意间，细细碎碎的闲谈和话语，这些好像和沉甸甸的头衔有些不相干。

春天里，几簇杜鹃，在青砖铺就的练功场边，开得盎然。学员们练拳正紧，师父伫立良久，说："看，那边的杜鹃开得多好。"

冬日时节，武馆迎来新年的头一场雪，武馆的网页上更新了雪景，并写道："这是瑞雪中流动的阴阳画卷。"

师父的太极拳练得炉火纯青，可当有学员问，什么是最好的功夫时，他却说："最好的功夫是把太极融入生活，领悟人间至道。"

这一切，师父说得风清，我们听得云淡，让人不觉思量，或许在他眼中，武林不是江湖，而是最真实最寻常的人生。

在他这里，再深奥的问题也不会解不开结。

有学员问，道家的打坐是不是很玄妙？

师父却说，打坐并不神秘，它只是一种休息方式，就像我们每天要喝的水一样，水无形无色，却有用。

印象中，在师父口中，提到最多的四个字就是"顺其自然"，我一直不明就里。一次偶然，他指着武馆里新筑的水渠，对学员说，练功和生活也是一样，刻意强求，往往不可得，但渠修好了，水自然会来。

那时我内心一片豁然。原来，"顺其自然"不是放纵不顾，任其自流。而是一种对过程主动、对结果随顺的态度；是埋一粒种子，只问耕耘，不问收获；是不苛求、不希冀，只是用汗水、时间和坚持筑好渠，然后，让一切按它自己的节奏，自然到来。

三

师父和学员论道，好像总是这样不局促、不拘泥，无论时间、地点，还是内容。随行、随停，清淡、清谈。

有时临近溪石，盘脚一坐；有时依傍修竹，闲适一站。记忆中最意外的，就是那次季秋的晚课，论道的讲坛竟然就设在月色中，师父和学员，依山席坐，草木环萦，耳边是虫鸟细细的啾鸣。

"打拳应该如何呼吸？"

"站桩与练拳有何关系？"

"我们为何要练习太极拳？"

学员们你一言我一语，道出心中的疑问，师父一一解答。那些问题，有的锐利嶙峋，有的钝拙粗糙，但他的回答像潺潺细流，所流之处，都归娴静、平缓。

聆听着这一切，想到自己，这一路习拳，也是这样绵绵无尽的问与答。我开始学着把疑问放进心里后，才真正开始学会，把过去那个闹哄哄的自己渐渐收起，然后，一点点安静、一点点缓慢下来。

慢下来做什么？

慢下来，给自己多一点时间，找回平常容易被遗忘的身心感受；慢下来，为自己找一个契机，重新审视自己的生活。

那一刻，这样和那样的念头来了又去。不经意间一回头，看到稀疏的树影之上，一盘古月印落中天，月下青山暗沉，在薄薄的云影间深沉呼吸。突然觉得，在这样的月夜里，这些问与答、这些思与想，好像也变得不那么重要了。

不勉强、不沉溺，静静感受这样的夜晚，静静感受这自然而然、到来又离开的一切。或许，这本身就是太极之美。

不是吗？

第六章

下山

　　为什么要害怕冲突和失衡？生命没有失衡
就没有平衡。

　　没有情绪、没有矛盾、没有冲突、没有挣
扎，我们就不在。

　　因为这一切才是生而为人的生命力和可能
性。思维的疆域在矛盾和冲突中拓展，生命的
疆域才有机会随之拓展。

　　感谢每一场寂静到来之前的声音。

他人经受的，我们何尝不会去经受？

通常，我们在为别人唏嘘喟叹的同时，往往
会忘记：我们每一个人，何尝不是一股巨大力量
下的一小粒。

他人经受的，我们自己何尝不会去经受？

只是，不留心，看不见！

一

后来过了很久，我和玛莎发现，原来，除了过去我走
过的两条山路以外，武馆附近还有一条山路，就在那座有
火车穿行的山的背面。

火车自西向东，山路自北向南，过去没走这条路，是
因为要穿过一条深深的隧道。与其说是我俩一起发现的，
不如说是玛莎领着我走出的一条新路。

其实，我过去也来到过这个洞口，但是探了探头，或是向里走了细碎的几小步，觉得太黑，每次都是害怕压过了好奇，就放弃了。

这次也一样，正准备转身呢，玛莎一把抓住我，说："Come on！我们一起走过去看看。"

就这样玛莎牵着我走进了隧道。那时已经是傍晚，隧道里又没有灯，一片黑暗。黑暗到即使使劲睁开眼，也还是和闭着眼睛一样黑。只是在很遥远的地方，有一丝晃动的微光，似有若无。

我们俩向着那点微光摸索过去，疑惑、害怕，又带着希望和兴奋！我突然觉得，这种感觉似曾相识。

不是吗？我这一路放弃、一路寻找，起初觉得这条道路一定是金光满地，莲花满天。但当真一脚踏进来，真正是，谁试谁知道！

怎么说呢？很多时候，我都觉得，自己像是在深深的岩层里挖掘一条越狱的隧道，孤独、黑暗又逼仄。幽默的是，忍受这一切，好像只为了远处的一点光。可是，那一点光却或许存在，又或许只是想象。

不过我还算幸运，总能有一些相遇，在我每一次准备撤身回头的时候，他们都会拉住我说："你回头看哪，光就在你身后，距离你不远的地方。你只需走上前去，就迎接到了！"像第一次陪着我上武当的荣姐，她那么善良；像此刻还站在我身边的玛莎，她那么勇敢；还有每一位在武当遇到的授拳老师，在他们的课堂上，我开始学着，摒弃杂念，倾听自己内在的声音。

这么一边想着，一边走着，起初那点明灭不定的微光一点点变成了巨大的光轮，耀眼炫目。终于，到洞口了。

"真的会像陶渊明写的武陵人一样，遇到桃花源吗？"我和玛莎都很好奇。

"哪有啦！"

迎眸而来的，还是山，还是草木，还是农舍，和隧道的另一头并没有太大的不同。

只是，刚刚走在隧道里，那份沉浸在黑暗中的惊慌，还深深地在心底。不过，这条山路倒是会路过一面湖，四面群山森然，所以湖水极安静，安静得像一面空镜子。

起风了，湖面生起细碎的褶皱，然后，还是安静；有山雀从湖面上一线划过，划过的还有它空荡的啾鸣，然后，还是安静。一切来去、过往，在这片湖面上，都好像，梦了无痕。

"哈！"站久了，会有新发现。有水鸭子，一个猛子扎

进水里去。

　　"咦？哪里去了？"当你一顿目光搜索无果之后，它又突然毫无征兆地从一块表面纹丝未动的水面"兀"地冒出头来。

二

　　这个好玩。像什么呢？很像我们和山与海老师对话时的情景模式。其实老师让我学到那么多，我虽然后知后觉，还是要说感谢的。可是他早已离开武当，"失联"很久了。但有一天上网，看到他的 QQ 头像亮着灯。

　　"真是中彩蛋了！"我赶紧向老师问好。不过和这位老师对话的一贯风格都是，即使你猜得到开头也猜不到结局。这次也不例外。

　　以下就是这段貌似脑筋急转弯的对话：

　　"老师，好久不见。"

　　"别叫我老师。"

　　"那怎么称呼？"

　　"我只是一个乡下穷小子，而且现在已经回家务农，每天种豆角、搬砖头，早已不是你们过去认识的什么老师。"说完他发来几张在农田里拍的照片，摆出的是过去练功的姿势；不同的是，他已脱去了练功服，剪短了头发，手握的不再是刀枪剑棒，而是一把干农活的锄头。

　　我愣了半天，真想问他这背后发生了什么。可是话到嘴边，又停了下来。"应该有很多不可言说的苦衷吧。"我想。

犹豫半天，说："你教我们的不仅是动作，而是换一种方式去思考。那些在太极里的感悟，何止只是为了练拳，它们也是对生活的指导。"我说。

可是老师说："不是我教了你们什么，更是思考让你们明白了更多。"

"是啊，要学会自己去思考。你练拳有天赋，过去那么坚定，为什么要放弃？"我终于忍不住，拐了个弯提问。

他很久没说话。我以为他又开始一贯的沉默了，突然，他在屏幕上抛过来一大段话，差点把我砸蒙："你们总说我去学拳教拳是追求自己的理想，有多么崇高。可是，你们知道吗？当我在武当山追求所谓理想的时候，我的家人正生病躺在医院里；当每一个年关，别人家的儿女可以大包小包给父母经济上的安慰时，我只是两手空空。你们说，这样的我崇高吗？所以，不要再提什么练拳、什么大道理，都是不可相信的！"

啊，我该说什么呢？万万没想到，只是不到一年的时间，过去那个在我们眼中忠实于内心的青年，会在电脑前写下这些文字。

我内心一阵黯然。但突然间又一闪念，我问他："如果你真的不再相信这一切，为什么在农田里还拿着农具练功？

还拍下照片?"

他没有回答,很久的沉默,最后发过来一行字:"反正我再也不会去练什么拳。"

三

"嗯……"

我没法再接上他的话,只能在屏幕上码字:"要不就踏踏实实地接受眼下的生活,不希冀、不抱怨,像泥土一样踏实,像你周围的大多数人那样生活;要不就继续相信你所相信的,无论遇到什么都不放弃。只要心中还有一个点,并不懈努力,才会有另一种可能,另一种生活的可能。"我写下这些,再一抬头,看到他QQ头像早已暗了。"他又一个猛子扎到哪儿去了?"

算了,习惯了。这个人就这么"奇葩"。倒是我把自己写的这段话看了又看:"哎,好像也还蛮适合我的?"这碗说教味很浓的鸡汤,我还是先干为敬吧!

那时的我何曾知道,接下来的自己又将遭遇什么。通常,我们在为别人唏嘘喟叹的同时,往往会忘记:我们每一个人,何尝不是一股巨大力量下的一小粒。他人经受的,我们自己何尝不会去经受？又或者，我们遭逢的每一个人、事、物，本来就是对我们生命的隐喻和启示。

只是可惜，很多时候、很多东西，不留心，看不见！

千山暮雪，只影向何处？

后退不行，前进不行，站在原地也不行？我在心里问自己："千山暮雪，只影向何处？"

学期还没结束，我却要匆忙暂别武馆。

匆忙到没时间收拾行李和日常用品。

匆忙到连感伤的时间都没有，只是和玛莎有一段告别的谈话。

为什么急匆匆离开武当呢？

原因是小小朵病了，没好。家人打电话告诉我让我回家，我回家后才知道，照顾小小朵的我的老爹老妈也病了，刚刚才好。这个，他们万万不会告诉我，就像过去我做记者出差好多天，回家才知道父母生病，他们总说："你工作最重要，才不要打扰你。"我气急，说："什么工作也比不上你们重要。"结果，遭到他们的一致痛批。

如今，他们生病还是不愿告诉我，这是他们表达爱的方式。只是，正因为他们越爱我，所以会对我越失望，怨恨也会越激烈。

春雨贵如油，五岁的孩子就像春雨过后的小树苗，几天不见嗖嗖地拔高。此前，小小朵说话还像钝刀切土豆，温吞缓慢。可这次回家，一张小嘴嘎嘣嘎嘣，清脆响亮说个没完。有一天，小小朵突然神秘地对我说："你不听话，你的爸爸妈妈生气了。"

果然，父母的抱怨也随之而来：

"身体不好就去医院打针、吃药，跑去练拳有什么用处？"

"工作不做了还能找到吗？碰到熟人谈起来多丢脸！"

面对质疑的当时当刻，我还可以故作倔强地反驳："我只是想找回一副好的身心状态，好好生活啊。"

但每当夜深人静，看着熟睡的小小朵，我却像翻烙饼一样，颠来倒去睡不着。我们每一个人都习惯用自己的价值观去判断其他生命的合理性。每一代人对事物的理解不同，父母的话语我可以理解。可是我的选择又给家庭带来了多大的困扰？别人辞去工作，要不下海经商，要不鱼跃龙门、跳槽涨薪，都有一个立竿见影的目标。而我呢，多可笑，最初的动机居然是，找回身心健康的自己。

"要不马上终止一切学习，找一个工作，让家人安心吧？"可是，念头一闪，内心又涌上诸多的难割舍和放不下。

"这份难割舍到底是什么呢？"我问自己。

窗外的月光照进来，小小朵在睡梦中均匀地呼吸，肚子一起一伏。那一刻我突然明白，我不舍的原因不正是这个吗？习练太极拳，我身体里有另一个生命生长出来，它让我每天用敏锐的感知去拥抱生活，它让我用全新的视角重新审视当下。它就像小小朵一样，有呼吸，有生命力，有过去的自己从未有过的向上的力量，它也是一个生命。我非常想看到，这个生命接下来的各种可能，就像非常想看到小小朵的成长将有哪些生命的可能一样。

"可是又怎样渡过眼前的一切呢？"又想起这次离开武当山之前和玛莎的对话。在我心中，她永远是自信的、勇敢的。可是那天，她沮丧地流着泪，说："我曾经以为，成为一名太极拳老师是我的人生使命。可是现在我学习得越多，发现自己不知道的就越多。我还能成为一名太极拳老师吗？"

记得当时我对她说："为什么要流泪？应该要恭喜啊！发现问题的存在，至少是我们解决问题的开始。"

曾经，我有力量去安慰玛莎，可是看着小小朵，想到父母的担忧，我也开始怀疑自己的选择：我们每个人何尝不可以，以任何方式度过一生。找一份工作，应手却不得心，固然没有意义，可是追求所谓什么理想状态又能怎样？无论是工作、婚姻、生活，世界万千，好或不好，生命是腐朽也好，新鲜也好；清醒也好，麻木也好；讲究也好，将就也好，大家不是都活着吗？所谓"想改变"，所谓"梦想一个远方"，是不是只是因为，我们自己觉得那个地方很

［俄罗斯］伊莲娜·满额利斯（Irina Manelis）／绘

重要呢？可是，改变当真那么重要吗？再看看这一路写下的《云在青山月在天》，继续写下去，或者不写下去，又有何意义呢？

　　过去的脚步太忙乱，遇到太极，让我想到要去寻找一个慢下来的生活方式，可是在他人眼里，这或许是消极、是不思进取。中国文化中，古人用几百年、几千年修炼的对生活的一份"悠然闲情"与现今人口中的"慢与懒的消极"，它们之间的区别是什么呢？

在习练太极拳时，我竭尽所能地去追求细节的精进，有同学问我："你是不是一直这么好强？"我一时无语。是啊，"好强"与"精进"之间的区别又在哪里？我越来越糊涂："闲"和"懒"之间好像只有一纸之隔，"坚守自我"与"封闭偏执"好像只有一纸之隔，"寻找"和"迷失"好像只有一纸之隔。可是这一纸之隔中的"一纸"，到底是什么？

难道真的一切都是不可相信的吗？

后退不行，前进不行，站在原地也不行。我在心里问自己："千山暮雪，只影向何处？"

捕鼠记

无论处在哪个年龄阶段，没看见自己的原生家庭，也很难看见自己。若不清楚"我是谁""我将去往何方"，可以用心去回看、去聆听自己的父母。理解他们的行为、感受和处境，就是在了解自己。因为原生家庭是我们生长的土壤、生命的源头。

一

就这样，由于家中的各种原因，我在家里待下来，照顾生病的小小朵，学拳计划被无限期搁置。尽管内心还有好多挣扎，但和小小朵在一起的时光总是无限美好。

这样的时光里，我最爱和小小朵聊天。尽管小小朵生病尚未痊愈，但仍挡不住金句不断。

小小朵问我："你知道我有多爱你吗？"

"有多爱？"

小小朵说："就像忘了1，2，3，4，5，6，7那样爱！"

"没听懂。"

小小朵说："就是都爱糊涂了那种爱！"

但后来，在小小朵的语录中突然出现了一个惊怵的高频词——老鼠！

比如无事忙的小小朵想帮妈妈洗菜，却没找到放菜的盆，她问妈妈："老鼠把蘑菇吃了吗？好像连盆子也一起吃掉了。"为什么突然天天念叨老鼠呢？因为，我家闹耗子了呗！

高楼大厦，钢筋混凝土，住在城市公寓却能养出老鼠来，这个难度系数还是蛮高的。

"怎么做到的?"

因为我们家有一对中老年组最佳生活"partner"，他们是：我爸——"使劲堆"老爹，我妈——"心疼扔"老太。我爸退休后最大的乐趣就是每天赶早逛超市，逛超市最大的乐趣就是见到打折蔬菜使劲买，然后回家使劲堆。冰箱当真挤不下了，就堆在餐厅地板上，东一块儿西一块儿。而我妈呢，无论家里堆了多少新鲜东西，始终只选择用旧东西，无论这辈子用不用得着，反正一概，不——许——扔！

所以，有他们两位老人家的"双剑合璧"创造出的良好的生态环境，耗子们自然奔走相告，常来串门儿。我忍无可忍，先跑去劝我爸："要不咱们每次把家里已有的东西吃完了，再买新鲜的。"

我爸说："你以为每天都能碰到又好又打折的东西吗?"

"可是我们每天这么买来喂老鼠,也没有意义呀!"我说。

我爸气急："你懂个啥?"

我又去动员我妈："要不咱们把不用的东西收拾收拾扔了吧"? 我妈说："什么也不能扔，谁知道哪一天会用到?"

说完，我爸妈气愤得不再搭理我。

二

以前翻看畅销书《断舍离》，过眼不过心，还以为是本讲杂物收纳的书，现在我真的有点相信了：我们重新归整与外界物品的关系，改善的还有自己内心的环境吧。"不买不需要的东西，处理掉堆放在家里没用的东西，发起捕鼠大战，简直——简直——可以上升到修行的高度。"

我越想越觉得自己有理，越有理就越生气。

"哼——"

但突然一下，觉得自己生气的样子很搞笑："咦！还练太极拳呢，还修身养性呢！看看你自己吧，怎么遇到一点事，比过去没学拳时还要敏感，内心的冲突还要强烈？"

更搞笑的是，正当我气得歪鼻子斜眼的时候，居然有一位记者朋友打来电话，说想采访我。也许是"修行"这个词如今也蛮时髦吧，什么瑜伽、禅修、书法、花道、香道、茶道，甚至上面说的收纳杂物，说高大上一点，都是"道"，都被冠以"修行"的名号。那位记者朋友想做一个以都市白领修行为主题的报道，得知我在武当学拳，所以就联系我喽。我心说："你们是没看到我这会儿抓狂生气的样子吧?"

坦白说,有时候我对自己也挺失望的。为什么那么多走在自我修行之路上的人,都可以仙衣飘飘、不问世事地分享自己的通达、淡然、舍得、放下,而我呢,回头看看自己的文字,虽然也有领悟,但好像说的更多的却是:在该舍得的时候,有诸多的舍不得;在想放下的时候,有那么多放不下?这样"磨磨唧唧"的采访对象,应该不太能满足好多读者对"修行"这个词的憧憬和想象吧。

三

最终我拒绝了采访。继续生我的闷气去。

"哼!"

不过有时候,气过了,想想又觉得挺庆幸的。

难得有这样一段时光,因为照顾小小朵,又有机会回到自己的原生家庭——它曾经是我汲取爱、温暖和诸多生命养分的土壤。过去因为沉溺其中,其实并未真正看见过它。后来求学、工作、婚姻,有自己的家庭,有这么一段抽离的时间,如今重新回到自己生命的起点,才惊讶地发现:"哦,原来它是这个样子呀!"

看到这个家本来的样子，应该可以给自己的故事寻找一些线索和答案吧。和父母不争执的时候，我常静静地注视着他们的生活。他们的饮食习惯几十年都不变，他们的生活节奏几十年都不变，他们的生活轨迹就像中国传统的木质结构房子，有板有眼，一个榫对一个卯。任何一丝一毫的不对位，都会让两位老人慌乱不适。他们对小小朵对与错的判断，他们为小小朵划定的那些该做与不该做的界限，几十年不变。就像很久很久以前，对还是孩子的我划定的模板一样。

　　我无数次与他们争执，试图拿所谓现代生活理念去松动他们的观念、他们的生活。可当我真正每天这么静静地注视着他们，像空气一样注视着他们的时候，我才发现，我气愤于父母，把我捆绑在他们的价值观上，可是我不正是拿着自己最不可忍受的方式在对待他们吗？我们每一代人、每一个人都在自己的逻辑里理直气壮。可是我们看待这个世界的方式，其实何尝不是每个人心中对世界的幻象，又有谁更有资格说，我的幻象比你的幻象更真实、更正确呢？不过是各自自圆其说罢了吧。

　　任何选择又哪有所谓真正的是非、对错之分，只是不同的选择，就拥有不同的结果、不同的生活。

问题是——你所有的行动是否真正是自己的选择，而不是屈从？

问题是——你所选择的是否是你真正想过的生活？

问题是——你是否准备好了为自己的选择承担后果。

心中无比挣扎的时候我曾一再地问自己，生活的意义到底是什么？

"是什么？"

"就是没意义啊！"

起初，我们背上一副副行囊，一心远行；后来，又一副副卸下，旧路还家。所谓生命一场，不就是从一场虚空走向另一场虚空吗？

一件事、一个选择、一份坚持，不是它们本身有何意义，而是我们觉得这件事、这个选择、这份坚持有意义，它们才有意义。一个人所努力坚持的，可能换一个人，就变得一文不值。我的父母忠实、笃信于眼前的一切，不是因为其他，不就是因为他们相信，这样的生活对他们有意义吗？他们已经在自己这份生活中找到了平衡，而且决定一生就待在这儿了。而我呢，在这里找不到平衡，就应该去寻找自己想要去寻找的意义呀。为什么一定要全天下人都理解你、支持你，才去做这样一项属于你个人的事情呢？

　　小小朵的病情一天天好转，所以，我又要出发了。

　　过去我以为，改变的方式只有一种，叫作对抗；现在我想，改变的方式还可以叫作——接纳并自强。

原本以为人生就此开挂了呢！

这是最最遥远的路程

来到最接近你的地方

这是最最复杂的训练

引向曲调绝对的单纯

你我需遍叩每扇远方的门

才能找到自己的门 自己的人

这是最最遥远的路程

来到最接近你的地方

——胡德夫《最最遥远的路》

一

再次回到武当山，除了学拳，我也开始考虑，能不能一边学习，一边兼顾未来的职业？可是要怎么做呢？那时

候小小朵还那么小，我也不可能放下家人，长期在山里当老师。恰好那时，好久没有联系的淑萍给我发来电邮，给我打气："养生，势必成为趋势，加油！"并向我推荐了一个以"快乐、健康"作为生活态度的都市太极课程计划。

"真的吗？"看到介绍文字，正靠在椅背上敲打键盘的我兴奋得挺直腰背。"快乐、健康、生活态度"这些关键词不是正暗合着一直以来，我对太极的理解吗？我想这个应该是很适合未来的职业规划吧。

可是当真怀揣着各种憧憬，走进新的地方、新的课堂时，我不禁倒抽了一口凉气："咦，好像有些不妙哦！"

二

在武当山的时候，无论是道人还是学员，大家一进武馆，换上古典飘逸的练功服，往山林自然中一站，个个看起来都像思想超脱、不问世事的闲云野鹤。我心中曾经一度觉得，山水、自然、娴静的古典风范才是太极拳的标签。可是在新的太极拳培训课堂上，我的同学们呈现的是另一种截然不同的画风。他们有的提着漆皮公文包走进课堂，有的戴着金丝边眼镜，有穿着狂拽炫酷的运动服；课堂上练起功来，虽然或静气或骁勇，一副尚武人的筋骨和身手，但一到课间，手机铃声不断，处理公干，家长里短。如果不是待在同一间屋子里上拳课，他们就像在生活中与我擦肩而过的任何一个普通人。

事实上，他们也就是这样啊。他们是声名显赫的太极拳锦标赛的冠军，是威风八面的武术协会精英，是独当一面的武馆馆长。但处久了才知道，这许许多多光环之外，他们更真实的身份是——

不想喝酒也要应酬的公司老总；中规中矩的公司职员；合作中受骗上当，年关将近，向"杨白劳"讨债的"黄世仁"；见人不忘推销自家商品的小商品老板。天哪！他们和我心目中的"太极人"怎么这么不一样？

上课了，老师把太极拳里的掤、捋、挤、按、采、挒、肘、靠等一大堆劲式拆开了与人对练技击。有的学员上来与老师试手，可一搭手，还没来得及反应，已被老师一个采劲，头朝下杵到了地上了。老师说，太极拳技法中，最重要的一个原则就是，"引进落空，合即出"；在实战过程中，讲究的就是"凌厉狠辣， 静如处子， 动如脱兔"。

三

"太劲爆了吧！"

这这这……还是我认识的太极拳吗？是守，还是攻？是以技击为末学，还是凌厉狠辣勇者胜？是修身养性，还是拳脚功夫？

"到底什么才是真正的太极拳？"别说像玛莎那样的外

翻过一座山，眼前还是一座又一座青山

国朋友弄不清，我也犯蒙啊。

我喜爱太极拳不就是因为安静吗？不就是因为可以开启感受之门吗？心好不容易静下来了，干吗还要技击，又要在对抗中分胜负？真正的太极拳又应当是什么样子？这一切，离我最初到此的目的和想象又有多远的距离？

"怎么回事？"

一个人的成长、一个人对周遭世界的认识，是否总是这样，伴随着一次又一次质疑的出现？你所相信的、坚信的、笃定的，到头来好像都有隐情，都只是局部真实，又好像自己总被欺骗。又或者，我们觉得被欺骗，实际只是因为，你所学的本身就是盲人摸象，你看待自己和看待世界的目光还不够宽广、还不够全面呢？

不知道，没答案！

原本以为人生就此开挂了呢，结果又是一堆问题。翻过一座山，眼前还是一座又一座青山。一个人到底要走过多少地方、走过多少路，才能摆平内心涌现的一个又一个问题？

真正活过的生命是太极之魂

　　我曾经深深地迷惑：人生是不是只有一个选项、一种可能？一年间，我看到了那么多生命的可能，也更能接受生命的可能性。这是太极给予我的：一颗更宽裕的心！

初生之物 筋骨劲力

后来，我穿梭于武当山以及城市间学习太极拳，玛莎也去到一个江南小镇找寻她心中真正的太极拳。可是真正的太极拳到底长什么样子？真正的太极拳又到底在哪里呢？

"啊！轻点，手折了！"

真是难以相信，这样惨叫不断，或者更准确地讲，痛并快乐着的场面，居然是在习练太极的课堂。过去学拳，也曾见过武当道人们拆拳讲劲、练习技击的画面，但更多的是修身养性的练习。自己亲身经历技击实战，还是头一遭。所以在课堂上，一遇到两人对练的环节，我就犯蒙，别人在练捋劲式，我举着搭档的胳膊，不知该怎么办。老师见状，走过来指导："这个捋劲要沉胯，向后移动重心的同时把对方引过来，不能只是用手上的力拽对方。"

对啊，老师说的这些不正是过去练套路时的那些核心要领吗？"腰、裆、胯、重心"，怎么真正面对一个大活人的时候，这些最基本的东西都忘掉了呢？

不过随着学习的深入，我逐渐厘清了不同练习形式之间的关系。过去练习的基本功，还有一个人静静感受身体时用的那些苦功，其实是功不唐捐，终归有意义。毕竟太极拳是知己方能知彼的功夫，不先感受自己，如何感受别人？而且，最重要的是，随着学习视野的扩大，起先思想上的一些小疙瘩也一点点被揉开，再不会那么一根筋地去质疑"什么是真正的太极拳呢？武当、陈式，还有各个门派，到底哪个才是正宗？养生和技击哪个才是太极拳的本来样貌？"这样一些笨拙的问题了。

本来嘛，养生也好，技击也罢，它们本是太极拳这个庞大系统里的某一个练习的方向和修习的层级。练习太极拳的人会有不同的目标，或者是修身养性，或者是技击制敌，或者是体育赛事表演。根据不同的目的，练习的方式、方法必然各有不同，为什么要割裂开了说这个好、那个不好，这个是真太极、那个是假太极呢？

这个有点像什么？就像我们刚开始去接触某个陌生的事物，如果心中事先有一个偏见放在那里，只是盲人摸象地执着于某个局部，当看到更多真相，与自己预设的想法不同，就会反驳、质疑，甚至觉得被欺骗。但试试看，丢开那些事先放在那儿的傲慢和偏见，真相就会一点点呈现出来。

二

从都市再次回到武当山，我继续未完的学业。这次一边练拳，一边写下还需要恶补的内容：体能、耐力、套路、推手、拆拳讲劲，招式的技击用法，对练中的各种拿法、摔法……

可是不知怎么了，我的训练清单越清晰，脑子里却越糊涂：我是要成为一个擂台对战高手吗？

当初哭着喊着要学习太极拳，原来是为了学习这些吗？

大脑处在混乱死机当中，每天都不开心。突然收到玛莎的消息，邀请我去她学拳的江南小镇。我那时想，也许去更多的地方、找更多的老师、了解更多的太极拳，应该能有更清晰的答案吧。于是，一张车票，带我去往玛莎那里。

原本以为只有自己不开心，可没想到一向勇敢乐观的玛莎，如今比我更不高兴。

"为什么？在这里，你没有找到要学习的东西吗？"我问她。

"不是，我遇到很厉害的老师。太极拳真的很有威力，打人很厉害。我在这里还学了中医、推拿、推手，每个招式的用法。"她答。

"那你为什么不高兴？"我不解。

"不知道。我学了很多，心却很累，不能平静下来，也不能像过去那样在太极拳中找到快乐。"

我俩沉默下来。接着，一句话从我嘴里脱口而出："也许我们最初热爱太极拳，被太极拳吸引，原本就不是因为想成为一个靠武功打败别人的人。"

自己都觉得意外，人有时候能在别人身上看到自己，也能在别人身上找到属于自己的答案。

"我们或许只是热爱独自打拳时，身心专注合一，安静地与自己在一起的那份感觉！"我说。

玛莎愣了下来，最后说了一句："But I am learning here so much, that I know it's something I have to do."（但是毕竟我在这里学到了很多，我知道那是我必须要学的东西。）

三

离开玛莎，我再次回到武馆。这一次，我的心中已做了一个决定，那就是一年期满后，结束这段学拳的旅程。

因为，以前那个这里痛那里痛、病恹恹的自己，已经一天天健康起来了；

因为，我想念那些爱我并被我爱着的家人了；

也因为，我终于厘清了太极拳给予我的真正意义。

原来，我不用非要把太极拳当作一份终身的职业；也不是一份人生非负担不可的使命；更不用拿它来做一个资本，向那些质疑我选择的人去证明，说："看，我的努力有结果。"

太极拳，更像是为我打开了一道门，让我得以找到一个完整清晰的自己，知道过去的自己身体为什么会出问题、为什么不快乐，以及怎样去寻找自己想要的生活。

一年前，我深深地迷惑：人生是不是只有一个选项、一种可能？一年间，我看到了那么多生命的可能性，也更能接受生命的各种可能。这是太极给予我的：一颗更宽裕的心！

也许未来，我会做回与过去类似的媒体、文字工作，也许会从事与太极拳相关的工作，或是其他，都有可能吧。其实，到底做何选择好像并不是最重要的，重要的是，任何一个决定都是我主动的热爱和选择，而不是被动的屈从。既不屈从于外界的影响和压力，也不屈从于自己的害怕、情绪和欲望。

四

武馆是个来往频繁的地方，每天在练功场上练拳，都能看到有人带着行李，手拖肩扛地到来，有人手拖肩扛地离开。中国人、外国人，男男女女、老老少少，带着各自的寻找和憧憬而来，不知又会带着些什么而去。想想看，过去的自己，从未像这一年这样，在这浩浩荡荡的时代里，走过这么多街巷、这么多路。那么多次上车下车，在仆仆而行、尘土满面的人群当中，被推搡着、撞击着走过那么多城市。因为学习太极拳，我才得以真正去认识、了解、体谅那么多生活境况迥然不同的人：他们是东方人、西方人；他们是贫寒的农家子弟，他们是富裕的商贾士绅；他们或是这个世界的里子，或是这个世界的面子；他们或显赫，或卑微，但他们好像都在寻找。东方人去往西方，西方人来到中国，住在乡村的人来到城市，住在城市的人又去往山林、乡村。大家都在寻找什么呢？

很多年前，一位前辈对我说："人，最重要的是找到自己的根！"

那时的我，二十郎当岁，有着"独上高楼，望尽天涯路"的疏漫自负，满口说："我知道！"

可谁承想，简单一句话，用了近十年，都还不敢说，当真能参透。

如今，我想：我们都在寻找的，应该就是那个属于自己的根吧。

我们一直在期许，如果我去到哪里、拥有什么，我们就能找到我们所向往的。但真要去往梦想的地方、拥有朝思暮想的那些外界的条件和一切时，却发现自己距离想要寻找的或许还是很遥远。

"根"到底在哪里？兜兜转转，我才发现，"根"不是维系在任何外界的条件之上。光明的境界是，我们没有什么地方必须、一定要到达。无论在任何境遇下，始终清晰、完整、稳定的一颗心，才是一个人的根！

记得最初遇到太极拳的时候，我曾经对自己说过："我们每个人都在寻找桃花源。"但是那时的我，心中充满了疑惑。现在我想说："或许这世上本没有桃花源，桃花源在愿意寻找的人心里！"

就如同太极拳，快慢、急缓、开阖、阴阳，多么矛盾，多么无解。但太极拳的境界就是这样啊，永远在明知不平衡中寻求平衡，在生命的不适中求安适。

就像孔子在《论语》里说的："造次必于是，颠沛必于是。"

就像老子在《道德经》里说的："孰能浊以止，静之徐清？孰能安以久，动之徐生？"

就像《金刚经》里的发问："云何应住，云何降伏其心？"

就像印度先哲帕坦伽利在《瑜伽经》里所说："瑜伽，是对心意变化的约束。"

在这里列出这么多老人家说的话，不是想掉书袋，而是我真的逐渐发现：原来，儒家也好，道家也好，佛家也好，太极拳也好，我后来学习的瑜伽也好，东方也好，西方也好，古今中外的先哲们，上天入地，为芸芸众生操碎了心，寻找的，原来就是这样一份看似简简单单的——把心安住！

我不相信，古代先哲没有和如今的我们同样的困惑和经历，就能创造出伟大的哲学智慧；我也不相信，如果不是和我们一样有过悲喜、挣扎、思考，探寻着一个个活生生的人，他们能创造出伟大的太极文化和太极拳。

所以，如果再碰到习练太极拳的外国朋友，像玛莎一样问我："什么是真正的太极拳?"

我会说，太极拳，是通过对人身体的训练和控制，来锻炼心性的功夫。它有内功、有招式、有套路、有技击。它的根基是一个系统的东方文化哲学体系。

但斗胆说一句，在我心中，最最重要的是：

真正活过的生命是太极之魂!

感谢那些寂静到来之前的声音

　　这就是云小朵，一路闹哄哄地从各种杂音中走来，但人总是从诸多的杂音中走向寂静的吧。

寂静山谷里寂静生长的生命

我决定在冬天离开，结束那一年在武当山的学拳旅程。

记得很清楚，初上武当山的冬天，一场冷雨把拖泥带水的我送进武馆。

但离开的这个冬天，武当山下雪了！

空气清明，大地寂静。

我独自上山，想在雪地里再打一套拳。像那一年中，无数个独自练功的日子里一样，不计前程地再打一套拳。山路无人，只有两只山雀引路，它们一次次把身体抛向天空，又落下，像从屋子里抛出来的笑声，抛起来又落下，然后一切声响都被带走，只留下一些重要的思绪在我行走的山路上。

这正是我来到这里的原因吧：找到真正在乎的事情，以及自我。

看着身边这些，一年来再熟悉不过的山、树、石头、泥巴，我真的很好奇：是什么神秘的力量，把我从人世的汪洋中，拍击推送到这里，让我的生命里有这么一段走进山林、走向自己、活在时间之外的岁月？又或者，是过去那个我，总爱在心中问"为什么"，总爱说"我不相信"？所以才有了这一段，我和我的身心在一起，共同修行、共同成长的日子跟岁月。

从头翻看自己写下的这些文字，多少沮丧，多少矛盾，多少愁肠百结？

曾经的自己，得意了会忘形，害怕了会病急乱投医。

曾经的自己，在生活的每一个不如意出现时，会抱怨、气恼、批判。其实是因为，自己一直在等待着别人来给予我们生活更多的可能。

曾经的自己，那么在乎别人的理解和评价，后来才明白，不依赖、不等待任何其他人的认可和赞扬，不惧怕任何人的否定和批判，我才开始有了真正的自由。

曾经的自己，在每一次挫折和摧毁中那么沮丧，对自己说："看，这次死定了！"

然后呢，又在一次次爆炸和聚合中发现："哦，生命的成长原来就是一次又一次死去活来。"

这就是云小朵，一路闹哄哄地从各种杂音中走来，但人总是从诸多的杂音中走向寂静的吧？

如果生命没有强烈的欲望、没有情绪、没有失衡、没有矛盾、没有冲突、没有挣扎，我们就不在，因为这一切才是生而为人的生命力和可能性！

没有头脑中心猿意马的时刻鼓动，我们怎会有更多实现心意的可能？

没有生活中那么多的失衡，我们怎会想到要去不断地追求平衡？人生的疆域又如何去拓展？

所以，此刻，我最想说的是，感谢那些寂静到来之前的声音。

真心感谢！

备注：武当师行功夫馆，于 2018 年更名为武当师行太极道院。

后记

庐山烟雨浙江潮，未至千般恨不消。

到得还来别无事，庐山烟雨浙江潮。

——[宋]苏轼《观潮》

在武当山的那个春、夏、秋、冬

天知道我有多少次，质疑过自己的选择、险些终止自己的学拳之旅；

天知道我有多少次，险些否定自己的一切。

幸好，都只是"险些"。

做记者的时候，我很忙，一直羡慕那些"走出去"，周游世界的人；习拳后，我允许自己腾出时间，去做心中真正觉得重要的事。没想到，我人生中最惊心动魄的旅行，竟然是这场"走进来"、行走于内心的荒野求生。

我何其有幸，生命中遇到太极拳。它为我打开一个通道，让我得以温柔触碰到具有东方古典风范的平衡、优雅、自然之心；为我开启了"生命的开始"，虽然有痛，但让我忆起了"这一场生命，所谓何来"。

感谢我的家人，感谢故事中的人。

感谢过往生命中的一切相遇，让我得以积累出这本书中的所有文字。

感谢，从我笔尖流淌出的每一个字。虽然它们只是我生命中无数个当时当刻的微小感触；虽然它们终究不是对宏大生命的结论；虽然生命不是静止，而是流动。所以，这里的任何一句话、任何一个字随时都可能被推翻，或者被你们推翻，或者被我自己。

但我还是要感谢身处这里的每一个字！感谢它们，在我无数个焦虑、迷茫的夜晚，给我越来越多的清晰和稳定下来的力量。

那是一份久违了的、来自生命源头的力量。

后来，我回到都市，一边照顾家人，一边成了一名运动康复老师，今后更希望，把太极拳、瑜伽、中医等东方养生智慧与现代运动康复理念相结合，将自己的经历、所学以及身心感受分享给更多有需要的人。

　　无论怎样，每日的自我练习还会继续，生活还在继续。我不知道这个过程中还会遇到多少生命的困局，还有多少内心的挣扎，也不知道自己还会有多少次，像过去那样在真正的困难面前，因为惧怕，因为迷惑，放弃又爬起。我只知道，我会向着我心中的自己、心中的生活走过去。有所主动有所随顺，有所坚持有所放弃。

　　另要说的是，故事里的那些人。

　　玛莎还在坚持学拳。现在拥有自己的 IP（知识产权）和来自全球各地的粉丝，她通过网络向全世界介绍太极拳，介绍中国文化。她说，自己依然热爱太极拳，但原来不是非要当太极拳老师："I meant, to practice to be happy, not to practice to be perfect !"（我的意思是，练习要快乐，但不一定要完美。）她说全球各地都有自己亲爱的朋友们，她每天都很快乐！

　　荣姐在朋友圈里，晒出一幅一气呵成、历时七个小时的画作，她说："以后什么捡绿豆红豆、解毛线死疙瘩我都不怕了！"如此的耐心背后，应该是有一颗更加安静、稳定的心吧。

陈先生说，完成中医的五年学业之后，希望再有机会回到武当山故地重游。

淑萍姐姐很久没有联系了，不知近来是否一切都好？又独自去哪里旅行了呢？

收到山与海老师发来的消息说，他虽然在打工，但会抽出时间来练功，哪怕每天只能挤出十分钟。这起码是一个开始，每天都有一个更好一点点的自己，生活才有希望。

就是这样啊！

我们都不是圣人跟神仙，而是每天免不了吃饭、睡觉、打嗝、放屁、挖鼻屎的普通人。如果人生是一场修行，如果修行需要学会放下，我想，所谓的放下，不是放下尘世的责任和使命，而是一点点放下那些阻碍我们每个人真正像生命一样生长的、固执不变的思维模式。认知的疆域拓展了，生命的疆域才可能更加广阔，不是吗？

生活还在继续，生命川流不息。

祝一切的普通人，在这滚滚红尘中，同修共好。写下这些，作为《云在青山月在天》不是结局的结局。

感谢你的耐心和善意，一直看到此处。

谢谢你！

图书在版编目（CIP）数据

云在青山月在天 / 云小朵著. -- 武汉 ： 长江文艺
出版社，2025. 5. -- ISBN 978-7-5702-3838-5

Ⅰ. I267

中国国家版本馆 CIP 数据核字第 20247JE283 号

云在青山月在天
YUN ZAI QINGSHAN YUE ZAI TIAN

责任编辑：朱嘉蕊   责任校对：程华清
封面设计：胡冰倩   责任印制：邱　莉　胡丽平

出版　长江出版传媒 | 长江文艺出版社
地址：武汉市雄楚大街 268 号　　　邮编：430070
发行：长江文艺出版社
http://www.cjlap.com
印刷：湖北新华印务有限公司

开本：787 毫米×1092 毫米　　1/32　　　印张：9.25
版次：2025 年 5 月第 1 版　　　　　2025 年 5 月第 1 次印刷
字数：154 千字

定价：68.00 元

版权所有，盗版必究（举报电话：027—87679308　　87679310）
（图书出现印装问题，本社负责调换）